【偏~~[illegible]~~見台南】

藝術之眼看城市　超越實用手冊

作　　者　王詩琪、白斐嵐、江鼻崙、吳比娜、吳孟軒、吳思鋒、周伶芝、林宛縈、陳志豪、陳昱君、郭亮廷、陳冠彰、陶維均、張慧慧、鄒欣寧、趙慶華、羅士哲（依姓名筆劃排列）
攝　　影　陳藝堂
設計總監　洪彰聯
美術設計　李宜靜
編輯協力　何韋毅
責任編輯　鄒欣寧、張慧慧
企　　劃　鄒欣寧
2019 臺南藝術節策展人暨編輯顧問　周伶芝、郭亮廷

發 行 人　葉澤山
策　　劃　周雅菁、林韋旭、陳修程
行　　政　蕭靜怡、陳涵茵
出　　版　臺南市政府文化局
地　　址　70801 臺南市安平區永華路二段 6 號 13 樓
電　　話　06-2981800
印　　刷　九水有限公司（內頁）
岱稜科技（書封冷燙技術贊助）

初版一刷　2020 年 3 月
定　　價　台幣 400 元
ISBN　978-986-5415-60-0
GPN　1010802303
局總號　2019-531
分類碼　A097

國家圖書館出版品預行編目（CIP）資料

偏偏遇見台南：藝術之眼看城市超越實用手冊／
王詩琪等著. -- 初版. -- 臺南市：南市文化局，2020.3
256 面；17×23 公分
ISBN　978-986-5415-60-0（平裝）

1. 旅遊 2. 人文地理 3. 臺南市

733.9/127.4　　108021501

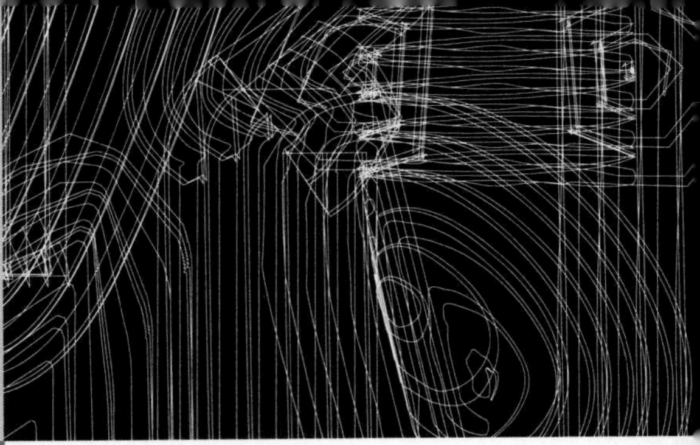

感謝名單

（為本書內容生產者提供，依姓氏筆劃排序）

Artyom Kim、Jecko Siompo、Kitt Johnson、Irina Shcherbakova、R 子、王秀玲、王複蓉、尤威仁、瓦旦・督喜、江季勳、沈介文、邱義相、何欣宜、何韋毅、吳茂成、新光社區發展協會總幹事吳宗寶、大發藤業吳仙姣、李昀諭、李慧玲、阮予澄、周伶芝、郭也萌、郭亮廷、晁瑞光、東東夫婦、高俊耀、施穩潭、陳燕玉、陳進和、陳秀蓉、陳姵君、陳雄儀、陳瑞麟、莫兆忠、許妙蒨、許雁婷、許雯綺、黃郁仁、黃思農、黃崇凱、黃雯、楊乃璇、楊芩雯、楊喆甯、鄒培敦、鄒家彥、趙菁文、薛美華、潘羽姍、潘麒宇、潘麒宇阿公、鄭尹真、鄭傑文、蔣慧仙、顧鈞豪、Farindo Furnature 賴昭哲 & 陳麗敏夫婦、碧雲寺、海尾朝皇宮、鹿耳門天后宮、武廟、大天后宮、天壇宮、三峽溪東土地公廟、六重溪部落、六重溪部落尪姨、台南市社區大學台江分校「大廟興學」、台南公園故事 100、台南社大地圖工作坊、台南社大海廢社、老漁村海鮮燒烤快炒、南十三咖啡、絲鷺雅筑民宿、瑞復益智中心、龍山國小全體師生、小狗汪醬，以及協助這本書完成的 2019 臺南藝術節策展團隊、參與藝術家暨演出團隊。

致、謝、

感謝所有本書企劃初期調查研究階段給予幫助的朋友和機構，以及接受本書採訪的受訪者。謝謝你們寶貴的時間，也謝謝你們無私分享你們所知道的台南與走入城市的每個細節。

謝謝本書製作過程中給予支援的一切看得見與看不見的事物，要是沒有這一切，這本書就無法成為可能。

【偏遇見台南】

目錄

本書使用建議

如、可、超、越、建、巨、樣、實用：

1. 你可以繼續往下讀並遵循以下建議，也可以不。**你可以自行決定遵循建議的比例**。

2. **你可以在任何地點閱讀這本書**。你可以在家讀這本書，也可以在去台南或任何其他城市的路上讀這本書。

3. 如果你是台南人，**你一樣可以選擇在任何地方讀這本書**。

4. 無論你在任何地方讀這本書，書中提及的台南地區、場景、人物，都不附照片。（提示：GOOGLE 很好用，但**任何搜尋結果都是通過別人的眼睛唇舌手腳或照相機，不是你的**。）

5. 事實上，本書有一些照片，但，**不是你想像的那種照片**。（換句話說：本書內頁攝影照片皆在台南拍攝，但，不具觀光風景名勝介紹功能。）

6. 本書全文篇幅共 11,1785 字。攝影圖像共 44 張。總頁數 256 頁。這些數字資訊是否對你的閱讀效益造成任何影響，坦白說，我們**無法評估**。

7. 本書全文 11,1785 字中，約有[redacted]字無法直接閱讀，如果造成你閱讀上的不便、不快或焦慮，請先接受我們的歉意。但，請勿以硬幣刮除遮蔽文字的圖形，那·不·是·刮刮樂。

8. 讀到這裡你該不會還認為，本書會提供你豐富詳盡的台南藝術文化旅遊資訊吧？（溫馨提醒：關於台南各區美食／古蹟／歷史人文小旅行等地圖，請洽詢台南市大眾運輸站內附設旅遊服務中心或各出版通路旅遊主題書區）

9. 本書呈現的所有偏偏遇見，廣義而言並不針對台南。期待你讀完這本書後，帶著書中的偏見去遇見其他城市，或者，發現更多偏見。

10. 最後一個建議：**偏見，是為了瓦解刻板的敬意，重建獨一無二的愛**。

輯、二、

地方

↓所有外地遊客到台南都不會錯過的旅遊勝地，安平古堡是台南作為「[illegible]」的重要標記。這座有[illegible]建築體，目前大致維持一九七五年改建後的樣貌，此前三百多年間則歷經了不同統治者重建：日本人在此闢建海關宿舍；清朝沈葆楨拆下已成廢墟的牆磚去蓋「[illegible]」；在成為廢墟前，[illegible]為王城駐居，地名「安平」就是[illegible]；更早，它名叫「熱蘭遮城」，荷蘭人從無到有蓋起這座城，作為統[illegible]。那是一六二四年，人們說，台灣的現代早期統治政權，從此開始。

安平古堡

17世紀[redacted]·[redacted]「國際[redacted]權·[redacted]「[redacted]·[redacted]「[redacted]」[redacted]人·

下面要說的故事，發生在十七世紀的台灣。
這是我所知「台灣人」所經歷最早的「國際衝突」。
然而，這其中的矛盾，
卻不僅僅是「海洋」與「大陸」的衝突而已。
那是個截然不同的世界。
主角，是居住在「新港」的新港人。

[redacted]「台灣人」[redacted]

[redacted]「大陸」[redacted]

安平古堡╳歷史

地方

假日時，我偶爾會回到兒時玩耍的四草，沿著海濱騎車兜風。這裡的風景，和從前已有些不同。水溝裡網魚的漁人消失了，只剩下廢水。魚塭被圍起來，變成工廠林立的科工區。但風的味道還是一樣，帶鹹。

近幾年，台南的「甜」被炒作得很誇張，好像在台南飲料不點全糖就是一件羞恥的事情。其實對我們台江人❶來說，鄉愁的味道卻更像大海的鹹味。風帶鹹，水帶鹹，餐桌上的食物也帶鹹。魚頭要「鹹熗」（kiâm-chhèng）❷，鹹魚煮三層，要「煮鹹」（chú-kiâm）。煮鹹下飯，還耐放。在沒冰箱的年代，鹽就是天然的防腐劑。不只是防腐劑，鹽也是最佳提味劑。虱目魚放到濃鹽水裡浸泡，再吊起來風乾一晚，就成了道地的台江味「虱目魚一夜乾」。香煎一下，肉質比新鮮的更紮實，咬下去滿口鮮味，鹹味。

台南，其實不是一個台南，而是多個台南。在地理上是多個，在歷史上也是多個。回到故鄉的這些日子，我更深刻有感。

沿著新闢的四草大道，車速會不自覺加快。這裡是我十八歲時練車的地方，因為空曠，技術再差都不可能撞到東西。看著儀表板指針旋轉，感覺海風刮過臉頰的刺痛，身體緊縮，油門緊催，再過一分鐘，就會衝上四草大橋。

大橋上，往西看，是遼闊的烏水溝（ō-chúi-kau）❸。往東看，會看到兩條水道在此「佮水」（kap-chúi）❹。這裡，是大港（tōa-káng），是台江內海的出入口。這裡，曾經是台南面對世界的門戶。

大洋、大陸、島嶼

世界，意味著什麼呢？看似明確的問題，卻沒有標準的答案。

對現代的我們來說，面對世界，意味著面對國際，面對台灣在世界上尷尬的地位。我很喜歡引用《被出賣的台灣》的作者柯喬治（George Kerr）提出的概念，來描

述這種尷尬：「台灣是位於大洋的邊陲，或是大陸的延伸？」❺

大洋的邊陲，意指太平洋邊陲。從這個視角來看，台灣是太平洋諸多島嶼中的一個，透過海洋與世界相連。大陸的延伸，則彷彿把台灣海峽視為某種「內海」，把台灣視為「離島」，與大陸本身有著切不斷的千絲萬縷。

這兩種視角，反覆在台灣史中交替著。台灣無疑與南島語族的遷徙有重要的關聯，也在十七世紀的南太平洋航運中扮演了重要的角色，這是大洋邊陲。但在納入大清帝國統治之後，台灣西岸港口與大陸東南港口互為對口，成為了大陸的延伸。這樣的矛盾不斷拉扯著台灣，直到今日。

大港，是這樣矛盾的地方。曾是內海的出入口，這片台江內海，被荷蘭人稱作「海翁窟」❻，是鯨魚的巢穴與墳場。十七世紀的大港，是東亞重要的航運中心，荷蘭東印度公司把守港喙（káng-chhùi），建立熱蘭遮城（Zeelandia）作為統治中心。直到今天，仍有熱蘭遮的遺跡，留在安平古堡園區四周。

下面要說的故事，發生在十七世紀的台灣。這是我所知「台灣人」所經歷最早的「國際衝突」。然而，這其中的矛盾，卻不僅僅是「海洋」與「大陸」的衝突而已。那是個截然不同的世界。主角，是居住在「新港」（Sinkan）的新港人。

新港人的「國際」

對新港人們來說，世界意味著什麼呢？

新港人，往往被歸類於「西拉雅」（Siraya）族，然而這不代表他們認為自己是西拉雅人。這是截然不同的兩件

❶ 即居住於台南安南區的人。在「台江文化運動」的推動中，「台江人」的觀念，逐漸成為一種在地認同。

❷ 一種烹調方式，用少量的湯汁半蒸半煮，常用來煮虱目魚。

❸ 即台灣海峽。但「海峽」有種狹窄的感覺，彷彿對岸只在近處。然而「烏水溝」的概念，更像某種隔界，某個難以跨越的屏障。台灣民間，以「扑過烏水溝」來比喻將不好的事物送到遠方。烏水溝的彼岸，已是他界。

❹ 即匯流。佮(kap)指兩物或多物拼合。這兩條水道，南側的是鹹水溪（kiâm-chúi-khe），北側則是依古直加弄圳（títka-lāng-chùn）所興建的嘉南大圳排水線。

❺ 柯喬治著，陳榮成譯：《被出賣的台灣》。台灣教授協會，2014，頁4。

事。在台江內海四周，有四個主要的大部落：新港，麻豆（Mattau），蕭壠（Soulang），目加溜灣（Bakloan）[7]。這些部落，有著相似的文化，然而，他們彼此卻處於長期敵對的關係之中。對他們來說，小小的內海邊岸，已經是「國際」！

關於新港人的來歷，並沒有明確的記載或傳說。我在這裡姑且引用一段蕭壠社群的神話，讓我們更了解那個異於我們的世界。

據說，蕭壠的始祖乘著大船而來，在今天七股番仔塭（hoan-á-ùn）處靠岸。當時，天氣狂風暴雨，船靠近港墘，卻始終無法登陸，甚至好幾個人在風雨中落海逝世。好不容易登陸後，又缺乏糧食，生活困苦。好在，受到番仔塭一位叫做「阿海」的居民協助，才度過頭幾年困苦的歲月。直到今天，蕭壠人仍在秋季前往番仔塭祭拜阿海與逝世的族人。

在西拉雅文化中，「渡海」是對來歷的解釋。渡海的起點始於何處？不清楚，然而終點是台江。內海，是捕魚的家園，出了大港，就是如神話般的未知。他們知道其他部落的存在，甚至會發動遠到中部或屏東的征戰。對他們來說，在這塊競爭激烈的土地上謀求生存，是最重要的事情了。

從十六世紀下半葉開始，漢人，日本人，荷蘭人，各種稀奇古怪的人，如同從未知中現身的妖魔一樣，穿越大港，進入內海。最慢到的荷蘭人，徹底的改變了內海的政治。

荷蘭東印度公司占據了內海邊岸的Tayovan[8]，在此建立城堡，並在台灣本島的赤崁（Saccam）地區向新港人購買土地，作為商館所在。城堡不在本島，其實顯示了荷蘭人的意圖，原本只是建立一個貿易港口。然而，各種突發的事件，卻逐漸把荷蘭人拉進西拉雅部落的衝突之中。

再來一群人，故事的角色就到齊了。他們是日本人。下面要說的，就是十七世紀新港人奇異的日本之旅。關鍵人物，是一個叫做濱田彌兵衛的人。

稅收、財源、海盜

濱田彌兵衛，是日本商船「三國丸」的船長。三國丸隸屬於長崎代官[9]末次平藏，這艘船在一六二六年來到台江內海。那時，荷蘭東印度公司已占據大港，並對入港的船隻徵收一成的貨物稅。這件事，早就引起日本人不滿，發生好幾次大大小小的衝突。

對日本人來說，前往台江內海貿易，是行之有年的事情，也是諸多地方官的財源所在。但對荷蘭人來說，他們來到這裡，是受到大明政府的允許。既然如此，收稅又有什麼不可以呢？

彌兵衛進入大港，訂購了各種商品，其中有一件，是大量的中國生絲。這件貨品是跟大明商人訂購的，但海上卻有海盜一官（I-quan）[10]騷擾，無法送貨。彌兵衛不斷催促荷蘭人設法協調疏通，荷蘭人卻無力處理。遠從日本來到台灣，一趟旅程成本相當高，怎麼可能空船而回？彌兵衛一等再等，等到一六二七年，遇上一個轉機。荷蘭人派來一位新長官，叫做努易茲（Pieter Nuyts）。

努易茲肩負重要任務：改善公司與日本的關係。他來台灣暫留一個月後，馬上就要出使日本，拜見幕府將軍以澄清誤會。趁努易茲待在台灣的一個月，彌兵衛前往拜訪。原以為努易茲能幫忙解決一官的問題，沒想到努易茲竟然不願意幫忙。彌兵衛覺得自己徹底被荷蘭人擺了一道，決定走一條險路。

他聯絡了新港社的年輕頭目：理加（Dika）。不久後，理加帶著一群族人，共十六人，登上三國丸，前往日本。

6 't Walvis Been，荷蘭語，意思為「鯨骨」。在清代文獻中則意譯為「海翁窟」。海翁（hái-ang），即鯨魚。

7 新港位於今天新市一帶。麻豆位於今天麻豆一帶。蕭壠位於今天佳里一帶。目佳溜灣位於今天善化一帶。

8 Tayovan，一般譯為大員或台灣，也就是今天的安平。原本指的是台江內海外圍，大港南側的島嶼，後來變成整個台灣島的統稱。為了避免與台灣全島混淆，本文如果意指內海邊岸的台灣島時，就用Tayovan來指稱。

9 代官屬地方官員，長崎代官隸屬於長崎奉行之下，主管長崎的兩個村落。

10 即鄭成功之父鄭芝龍。

結交盟友

我至今仍很難想像，新港人是如何理解「前往日本」這回事？在荷蘭文獻中記載，他們是受彌兵衛矇騙上船。這是否就是事情的全貌？

新港人的部落，可以說是四大社中離荷蘭人根據地最近的。新港人跟荷蘭人的關係，跟其他部落比起來發展得特別早，也特別密切。前面提到的努易茲長官，甚至早在一六二〇年代，就照西拉雅禮俗，與新港女子 Poelohee 完成婚禮。

新港的人口，大約只有麻豆或蕭壠的一半。但靠著與東印度公司的關係，在一六三〇年代，新港鹹魚翻身，與公司合作，擊敗當時最強盛的麻豆社。新港變成有特權的部落，新港語獲得特殊地位。在公司舉辦的地方會議中，除了用荷蘭語進行宣布，也使用新港語來說明。「新港」，彷彿是荷蘭與福爾摩沙溝通的平台。對新港人來說，與荷蘭人的關係，應該放到他們的世界觀裡去理解。荷蘭人是盟友，幫助他們對抗世仇。同族可以是敵人，異族可以是盟友，更何況，當時根本沒有「族」的概念呢。

前往日本，會不會是結盟的另一個案例呢？理加一行人，在彌兵衛的引介下，果真見到了江戶幕府的第三任將軍德川家光。將軍要求理加單獨晉見，理加獻上各種珍貴的禮物，包含虎皮與孔雀羽毛，以及他此行最重要的任務，一份珍貴的禮物：台灣。

談判？算帳？石碑？

理加表達獻出台灣土地的意願，這或許是拉攏將軍出兵的理由。然而，這個要求被將軍拒絕了。將軍致贈了大量的禮物，讓新港人們帶上三國丸，返航台灣。

一六二八年春，彌兵衛的船隊進入大港。一進港，船就被扣押，包含理加在內共計十六名新港人被銬上手銬腳鐐[11]，將軍贈送的禮物也被扣留。這是努易茲的復仇，最後卻演變成日荷兩方人馬的大亂鬥。一六二八年六月二十九日，彌兵衛帶人前往長官官邸交涉，談到一半突然拔刀而起，架住了努易茲。混亂中，數名荷蘭人被砍殺。整個官邸裡面亂成一團，公司的評議員們急得不得了，又不知該怎麼辦？

這場風波持續了六天，雙方才達成共識。日方要求，釋放被囚禁的新港人，歸還禮物，並且賠償當初未能取得的生絲。兩方達成協議，並互換人質，其中包含彌兵衛和努易茲兩人的兒子。日船與荷船出發前往日本，一到長崎，荷蘭船立刻被扣留，船上的人全被收押。

整件事至此，看來是荷方吃虧，但新港人免不了要被秋後算帳。事發的隔年，東印度公司派人來到新港社，摧毀了赴日十六人的房舍。對於努易茲來說，其實頗為尷

[11] 但在彌兵衛事件發生前，就有幾名新港人先逃回部落中了。

尬，畢竟他自己是半個新港女婿。卸任之後，他甚至被巴達維亞的公司總部，當成向日本人賠罪的人質，送到日本坐牢去了。

這到底該說是一場衝突，一場鬧劇，或是一場國際談判？時光一過四百年，台灣邊陲的位置卻似乎不曾改變。新港人曾經在荷蘭與日本間做出抉擇，今天的我們，則在美國與中國間左支右絀。這場事件中，我們應該記得些什麼？又不小心遺忘了什麼？

在時間的淘選中，一個最鮮明的符號被標記下來：濱田彌兵衛。這個名字，就刻在安平古堡園區中，寫著「安平古堡」的那塊石碑上面。

甜台南、鹹台南

過了四草大橋，是Tayovan，今天的安平。曾經的離島，隨著台江內海消失，已經與台灣本島連在一塊了。左轉往東走，不遠就是安平古堡。醒目的瞭望台，原是日本時代的燈塔。旁邊的安平古堡碑，曾經刻著「贈從五位濱田彌兵衛武勇之趾」的字樣。在中華民國政府來台後，才為了消除日本統治的痕跡而抹除。

世界，果真不只一個。對日本人來說，彌兵衛是航海的開拓者。對荷蘭人來說，他是綁架犯，勒索的無賴。對新港人來說，他是暫時的戰略盟友。對三百多年後的中華民國政府來說，他是殖民統治的標誌。站在今天「台灣人」的立場，他彷彿又成了大航海時代的某種象徵。

同樣的，台南也不只一個。日本人的台南不同於荷蘭人的台南，荷蘭人的台南不同於新港人的台南，新港人的台南又不同於我們的台南。吃甜的台南，不同於吃鹹的台南。你的台南，未必是我的台南。我們的台南，也未必是那個被大張旗鼓宣傳著的「台灣京都」，那個僅限於臺南市中心的「府城台南」。台南的內裡，由一個一個活生生的人，一則一則有待被傾聽的故事交織而成。每一次重新訴說，都重新定義著台南人的身世，重新問一個難解的問題：台南，是什麼人的台南？世界，是什麼人的世界？答案不會是你或我，而是一個能照見彼此的未來。■

文 羅士哲

台江溪頂寮人，專長是哲學，興趣是音樂，休閒是田野調查，工作是把這些雜七雜八的東西揉在一起做教育。創辦體制外教育機構「台南塾」。

●參考書目●

柯喬治著，陳榮成譯：《被出賣的台灣》。台灣教授協會，2014。
林景淵：《濱田彌兵衛事件及十七世紀東亞海上商貿》。南天，2011。
康培德：《殖民想像與地方流變：荷蘭東印度公司與台灣原住民》。聯經，2016。
甘為霖、翁佳音著，李雄揮譯：《荷蘭時代的福爾摩沙》。前衛，2018。

▼黃思農

引路人

一九八一年生於香港，兩歲隨家人來台定居。從小學習二胡，雙棲劇場與音樂創作。二〇〇二年與友人共同創立「再一次拒絕長大劇團」（簡稱「再拒」），並擔任團長至今。二〇一六年發展遊走於城市空間的「漫遊者劇場」，擅以「聲音」突顯城市角落，讓觀者獨自遊走，發現城市被隱藏的面貌。曾於二〇一五年台南安平樹屋演出《燃燒的頭髮》，以樹根為樂器；受邀參與二〇一九年臺南藝術節創作《感傷之旅》，啟發自日本模特兒 KaoRi 陳述攝影師荒木經惟長年對其勞動剝削和精神壓迫，於老爺行旅演出。

城市是由人組成，生者與死者。「生靈的地獄，不是一個即將來臨的地方；如果真有一個地獄，它已經在這兒存在了，那是我們每天生活其間的地獄，是我們聚在一起而形成的地獄。有兩種方法可以逃離，不再受苦折磨。對大多數人而言，第一種方法比較容易：接受地獄，成為它的一部分，直到你再也看不到它。」卡爾維諾（Italo Calvino）在他知名的《看不見的城市》終章寫道：「第二種方法比較危險，而且需要時時戒慎憂慮：在地獄裡頭，尋找並學習辨認什麼人，以及什麼東西不是地獄，然後，讓它們繼續存活，給它們空間。」

卡爾維諾的方法是小心翼翼地「尋找並學習」。學習和那些「看得見的」與「看不見的」共存，學習「辨認」這些城市的記憶／亡者。黃思農更進一步，以眼睛之外的感官為方法，感受城市的一切，他打開耳朵，不只為了聆聽生者的話語，也不忘撿拾死者的記憶，「畢竟我們的記憶也很多來自於亡者，我希望重新取得過去與現在的連結，這當然也關乎未來。」

藝術╳凝視・想像

走進城市的方法：

為生者與死者的記憶重新接線

高中時期曾在殯儀館打工，兼差胡琴樂師；長期擔任黃蝶南天舞踏團音樂設計，在納骨塔旁搭帳演出；以即死即生「憤怒挪吒」為概念為自己的劇團命名——在黃思農的日常中，「死亡」並不遙遠，他或許早就習慣以危險的「第二種方法」活在「生靈的地獄」，在那些城市的陰暗角落找尋被眾人遺忘的故事，比如台北萬華。

當過去的聲音「現身」

「我國高中混那裡。」他回憶，「萬華很迷人，很拼貼，充滿各種符號，很多事物發生……對青少年來說，是非常刺激的環境。那是一個可以讓觀眾陷入奇幻敘事的空間，透過聲音改變對此地的認識，召喚一些觀眾忘記的事情，對我來說，萬華就擁有召喚『異質性』的能力。」

「我的興趣在於把過去召喚到現在，造成一種衝突，讓過去聽起來像『現在的過去進行式』，這必須去建構幻覺，[redacted]聲音，[redacted]虛實難辨[redacted]看不見的亡靈，[redacted]聲音地圖[redacted]現身[redacted]

對黃思農來說，亡者是逝去的人，擁有逝去的記憶、知識，「某種程度上，我也是在召喚與招魂。」

他是創作者，也是巫者，「在生者與死者還未割裂的過去，生者是繼承了死者的記憶活著，但在當代，生者與死者斷裂了。」在資本主義掛帥的城市運作邏輯中，死者不具生產價值，亡者的記憶都不算數，但對黃思農來說，只要活過，死者就不可能是無生命的，「我想處理生者與死者的關係，處理我們的記憶，畢竟我們的許多記憶也來自於亡者，我希望重新取得過去與現在的連結，這當然也關乎未來。」

[redacted]「混過」的舊城，[redacted]被遺棄[redacted]的當下[redacted]連續[redacted]模糊性[redacted]

[redacted]潛規則

空間的回響是當下，但他進入空間的方法卻是老派的慢火細燉，「時間。」他溫吞吞地說：「比起博物館，與當地人聊天、一起生活、參與他們的日常，是更有用的。」

「時間」幫助的不只是日常的探索，也讓城市的潛規則能夠浮現。黃思農回想跟當地人打交道的經驗，忍不住苦笑了起來，「萬華很踐，看心情做事。比如我去談場地，今天心情好答應了，隔天卻當沒這回事……」千辛萬苦談成了場地，後續溝通依然得提心吊膽，「我們租了一個旅館房間，那邊有在接客，當時隔壁房間也在進行交易……我跟他們說『我們來拍片』，他們也不奇怪為何有人一直進進出出，也不需要我解釋這個作品，他們在意的是，你會不會付錢，也會問我晚上會不會回去『拍片』，如果不會，他們準備把這個房間二租出去。」

他聳了聳肩，下了結論：「萬華是一個必須去摸索江湖不成文規則的地方，這不見得哪裡都適用。」

但黃思農也承認此種長時間進入城市創作、在地方生活的經驗，如今是珍貴的奢望。[redacted]他者的城市，[redacted]「後殖民食物與記憶」[redacted]做晚餐，[redacted]避免成為一個他者觀看城市的觀光狀態。」

有意思的是，他同時也清楚認知「他者的視線」無可避免，甚至存在於居民自身，比如台南。

「台南有自己的觀光刻板印象，但台南人甚至會刻意展現這一面，那是他們的驕傲，這不只是他者的眼光，也包含了他們給他者的眼光。這個凝視不是單從觀光文化造就，這也影響了當地人如何看待自己。」新作《感傷之旅》以「攝影」為軸心，試圖談論藝術中的權力關係，但不只涉及性別，也關乎創作者的凝視與詮釋脈絡，這完全是生者「繼承」了亙古以來無數的死者意志，是活在個體潛意識中「過去人類的生命記憶」幽魂，「什麼叫『台灣』？什麼是『台南』？殖民的視線從未缺席，我想談的是這個視線。」■

文 張慧慧

現職編輯、採訪與寫作。新北市人。台南觀光客。以前讀文學，現在寫藝術。喜歡走路、狗，以及跟狗一起走路。

尾

[illegible]↓「中心」所在的「台江」，亦即臺南市安南區，也是人[illegible]口數量第二多的台南區域。台江一名，源於此地在三百多年前是一[illegible]。雖然早期被劃入臺南市，但由於遠離國道公路、自然景觀多保留原貌，許多台南人仍認為安南區是郊區。近年，此一「台南郊區」因為台江國家公園的設立和新興觀光景點「台[illegible]——四草綠色隧道」而吸引不少遊客前往，而鄭[illegible]的鹿耳門水道，也是參觀台南歷史古蹟不可錯過的地點。

台、
江、
岸
南

[redacted]適合逃路[redacted]

[redacted]哪個[redacted]

[redacted]城外[redacted]

[redacted]

[redacted]

[redacted]劇[illegible]司[redacted]

能[redacted]

當我們說台南適合走路，
指的究竟是哪個台南？
府城內的台南適合走路，
那城外比如安平旁的安南呢？
在台南走路，
除了那幾條盛名遠播的街和路，
還有沒有別的可能？
為了知道這個問題的答案，
我兩天走了五十六公里。

這陣子，每天早上都去大安森林公園走路，認識了熱愛攝影的黃大哥。

黃大哥銀白泛黃的山羊鬍和馬尾辮，白內衣西裝褲脖掛一管大砲相機，在森林公園中特別顯眼。二十多年前屆退前夕他買了相機，決定退休後玩攝影，沒想過出冊出師僅是自娛，一拍二十多年。腳不好，二十多年都在自家隔壁的森林公園拍鳥，對公園瞭若指掌。黃大哥靜靜站在樹叢旁仰望，企圖捕捉鳥起飛的剎那，我抓緊等候空檔上去和他攀談，問他二十年觀察下來，樹長高了，鳥應該也多了不少吧。

「其實變少了。前幾年南台灣登革熱嚴重，台北開始大量噴藥。蚊蟲吃藥後被青蛙、老鼠吃掉，青蛙、老鼠又被鳥吃掉，一環扣一環；本來只是毒蚊子，最後整條食物鏈都有毒，通通都不見了。唉，這件事很矛盾啦！以前我站這拍照，只要一分鐘不動、整隻腳都被小黑蚊咬，癢得要命，根本無法對焦；現在小黑蚊少了，可以穩穩地拍照，但我要拍的對象也不見了」。

愛走路↓愛台灣？

因為愛走路，開啟了許多像這樣的緣分，偶然決定在這時間走上這條路，與某人四目相對然後交談結識。我常覺得，移動越快，念頭轉換越慢，越容易停留在某個遐思流連忘返；所以搭火車適合擬企劃寫報告，但走路則不自覺同時開始想好幾件事，也容易被外界影響。走路帶起的呼吸讓人自然而然地活潑起來，更願意跟陌生人說話。

因為愛走路，自然在旅遊時也會多分配些任務給雙腳。全台瘋文創拚觀光，每隔一陣便會看到不同的生活風格雜誌或旅遊雜誌以「徒步小旅行」做主題，也讓大家認識全台各地隱身街區巷弄努力生活的人們，各行各業的特色店家，奇巧瑰麗的街頭彩繪……其中最常被提及的城市大概就是台南了吧，有適合輕熟女的步行、飽嚐美食的路線、適合帶寵物一同出遊的路線、適合打卡拍照的路線……

然而，當我們說台南適合走路，指的究竟是哪個台南？府城內的台南適合走路，那城外比如安平旁的安南呢？在台南走路，除了那幾條盛名遠播的街和路，還有沒有別的可能？

為了知道這個問題的答案，我兩天走了五十六公里。

首日，從安平鬧區民宿到台江社區大學，八公里。下午，參加社大舉辦的「台江青春伴行」徒步活動，二十三公里。次日，從安平民宿到府城內，以水仙宮市場為圓心探索，十五公里。下午，從美術二館走到二空眷村，十公里。

處在人人搶眼球追爆點的滑世代，要活不只要動，還要動得很快。移動快，運動快，最好是高速移動到健身房再高速運動結束這一回合以追求最高效能為依歸，這時候竟然有人選擇慢速的「走路」作為移動方式，的確很容易讓旁人懷疑你是否放棄了對「效率」這項普世價值的追求，效率隱含著積極進取拚經濟，效率顯示出聰穎入世懂安排，徒步者有時甚至會被指認為某種溢出常規的脫軌失態存在。當然，選舉季到了，願意在全台各地走來走去的人是多一些，通常搭配握手合照的行程，稱之為愛台灣。

我不是為愛而走，我只是愛走路，因為走路是能在日常中不斷體驗「只要堅持就有收穫」的少數事情。走第一步接著第二步，自然踏出第三步，一次最多只能走一步，一次最少也能走一步。只要不斷重複把一隻腳放到另一隻腳前面的運動，最後在你想停的地方停下來，就這麼簡單。如果你夠幸運被生得四肢健全，走路是少數天生就會不用學的事，你可以設定目標也可以不要，可以規劃路線也可以不要，不用花一萬小時練習，沒有技術上的門檻，不要求特定的裝備，也不用配建多強大的心靈意志。

觀光的走路似乎可以分成徒步與散步，沒有對錯，視個人嗜好、體能和時間而定。通常的情況下，散步距離短且舒緩，徒步距離長而激烈；散步尋找預期，徒步則期待被非預期找到。散步慢走，徒步則是漫走。觀光的散步通常會先設定幾個預訪的景點，徒步則得面對長路漫漫時光漫漫，不一定先設置路線或目標，就是不斷地往前走。兩天，我從安平走到府城又從府城走進安南，在四季如夏的台南，城市散步常被自動門開啟時噴發的冷氣所吸引，或因口渴飢餓在某地，很輕易就放自己滾進某家老牌冰品店或甜點店，對氣溫或所謂天氣的感受是可自由切斷的，所謂的「熱」是得以被阻絕的，是「外面」的事；但當我離開府城、進入徒步階段，會任冷氣從自動門流瀉的只剩便利商店，更常發生的是一大段距離都在感受自身體溫和體外氣溫的調節抗衡，「熱」是裡面的事，是自己身體裡的一部分，更是自己與外界交互影響作用而生的自然調節機制。城區散步感受到的風是宛如一波重拳青紅皂白掃過全身的冷氣風扇，但市區徒步吹到的風則能讓你判斷山與海的方向，更細緻地從各方面吹拂不同的肌膚表面。你必須學會感受甚至感謝風，才能讓自己心靜自然涼地撐下去，繼續走。徒步和散步也能看出人的個性，由於移動區域和速度以及身體感的差異，放置目光焦點的地方完全不同。散步時常看人看店看風景，徒步則更像是看土地跟看自己。徒步可以用來面對自己，也可以用來逃避自己。

地方！創生？

那麼，散步府城可否變成徒步府城呢？

二〇一九年是國發會公告的「地方創生元年」。從社區營造到街區振興再到地方創生，十多年來台

灣遍地開花，有些結果。比如由於震災而開始投入創生的南投竹山，從原本只是民宿空間的打造到現在甚至成為新創公司的進駐地；無論是移居或返居，許多人開始思索六都或北中高三都之外的生活可能。超高齡化且少子化的台灣，地方創生不得不為。

與創生有成的日本相比，台灣地方創生不只需要發展地方，還肩負著打造本土特色、確認國族認同的使命；不能只像日本地方專注做在地企業轉型觀光產業的開發，台灣更得在創生中拚出主體認同跟台灣特色，擦亮的不能只是地方這塊招牌，更要腳踏地方，胸懷台灣。而台南，是目前台灣品牌打造最成功的城市之一，也是國內外觀光客來台觀光必訪之地。❶多年來隨著許多創意或創業工作者移居或返鄉、閒置空間的改造、老牌店家的品牌重整，台南掛上了文創古都美食慢活的招牌，其中當然不乏從台北看天下的情懷也不免要面對仕紳化❷的挑戰，但府城依舊是目前全台將創生連結觀光最成功的案例之一。

而我在想的是，從走路這件事，能怎麼看地方創生？

徒步台江

台江位在臺南市安南區，曾以過年聚賭的負面形象聞名，過年期間動輒四、五千人在廟埕賭博，甚至曾被媒體形容為全國最大賭場。直到台南社大與海尾朝皇宮合作的「台江社大分校」誕生，把賭窟變學校，以「大廟興學」❸之姿重現當年台灣西部濱海地區的學堂文化，也間接促成歷史博物館、文化中心等設施的建成。

台江社大提倡以鄉土為本、先了解居住成長的在地再逐步擴散的同心圓教育，發揚以村為單位、以公民為核心的「台江學」，多年來舉辦許多以愛鄉護水、守護環境為訴求的徒步倡議運動，其中最具規模的有二，一是

❶ 參見《La vie》行動家報導〈台南如何成為「大家都想移居的城市？」杜昭賢、王明蘅談都市計劃災難如何翻身成美學創意！〉。(https://www.wowlavie.com/city_unit.php?article_id=AE1900531)

❷ gentrification，仕紳化又譯「中產階層化」、「貴族化」或「縉紳化」，指一個舊區從原本聚集低收入者，重建後地價及租金上升，較高收入者遷入並取代原有低收入者的社會現象。原居住的低收入者在此過程中可能不得不遷往更偏遠或條件更差的地區生活。

❸ 參見 2008 年 10 月 20 日《自由時報》〈大廟興學 海尾朝皇宮把賭窟變學堂〉報導。(https://news.ltn.com.tw/news/local/paper/251964)

極具代表性的「台灣山海圳國家綠道」[4]徒步活動，從海邊走到山頂，從台江國家公園沿著嘉南大圳、台江山海圳綠道直到玉山國家公園，從海平面到東亞第一高峰，從熱帶、溫帶走到寒帶，是極具代表性的台灣山海圳國家綠道；第二個則是我這次有幸以採訪者身分參與的「台江青春伴行」，源於為海佃國小「小台江」所規劃的師生徒步活動，從海尾朝皇宮出發，沿著山海圳綠道、四草湖、北汕尾海岸線、鹿耳門溪再抵達鹿耳門天后宮，總長二十三公里，以徒步方式踏溯台江文化。

徒步走路跟地方創生有什麼關聯？

首先，如何定義「地方」？

沿水而走

台北覺得台南是鄉，台北覺得安南是偏鄉；台北覺得台北跟台南「城鄉差距」沒那麼大，但跟

安南的差距很大……用這些詞彙時我們其實沒有惡意，但卻隱含「從台北看天下」的觀點；若以都市眼界去比較那些都市外地區，當然會有所謂「差距」，會被歸類成「偏」。但在徒步的過程中我逐漸翻轉這樣的刻板想法，試著不從台北觀點看台北以外的地方。我突然發現，原來本質始終是生活。我們從一點移動到另一點，從台北高鐵到府城，於是我們理解的台南便是樂食慢活，我們是要去觀光而非去生活；徒步過才明白，府城往北走半小時的地方就進入了刻板印象的「鄉」，那裡以觀光業為生的人沒那麼多，他們並不常做被觀看的準備，但依然是台南市的一部分。不是該被粗暴分類的偏鄉，不是頹敗沒落的地方，就只是生活樣貌不同而已。

「青春伴行」的核心概念是「沿水而走」。男女老少走在小排大排水溝、農家自己開闢的灌溉水道間，從集合地廟堂的香火味到魚塭養殖的腥味，從田埂周遭的堆肥味到排放廢棄物工廠的刺鼻毒味。這些都是住民的日常風景，卻常被簡略大筆一揮以「城鄉差距」帶過。當我走了六小時已相當勞累卻冷不防進入汙水排放的隔離區，眼前千萬隻小蟲子在路燈下聚集狂飛，張嘴呼吸吃蟲，用鼻呼吸廢氣，這絕對不是散步觀光者會走的路，但卻是認識地方必走的路。從市區走到河堤到海灘到工廠，如果用顯微鏡看我走過青春伴行這天和隔天在府城鬧區穿梭、兩天身上汗漬沾黏的元素粒子，一定很難相信這是在同一座城市步行的結果。

一座城市這麼大，不能簡單帶過，無論那個名詞是「城鄉差距」或「台南」。

無水之城

再來，地方創生必然和拚經濟有關嗎？

又老又窮的島，無論官民似乎都期許著創生能帶動產業

4 台灣山海圳國家綠道本為台江山水圳綠道，起點位於臺南市安南區，從台江國家公園沿著嘉南大圳種樹築道、整治河川，經海尾寮、台史館、終於烏山頭水庫，全長 45 公里。經多年民間倡議及行政院農委會林務局統籌規劃，2018 年正式展開「山海圳國家綠道」串連，翻越烏山嶺到曾文水庫，再沿曾文溪經過阿里山抵達玉山，整體長度延伸為 177 公里、海拔爬升達 3,952 公尺，人文上串連了台江、西拉雅、鄒族等三大族群文化圈；環境包含了 5 種氣候帶林相、4 種水域等多元然生態圈，為一條乘載著臺灣歷史文化、自然環境、族群文化的特色，串連海 - 圳 - 山的國家級綠道。詳見「台灣千里步道」網站（https://www.tmitrail.org.tw/roadmap/1643）。

振興和經濟發展，創生發大財，於是很快地將創生等同於發展觀光產業，打造一條條老街和一座座天空步道，還有街區散步。但一座城市何其大，一座台灣島又何其小，為何我們粗略地將一座城市看做一以貫之的慢活文創觀光品牌，卻又彷彿把台南與安南、台北與安南看成相隔千里的地方？

「青春伴行」最重要的推手是台南社大台江分校執行長吳茂成。長期從事媒體工作的他是安南子弟，多年來深耕公民教育，強調以「文化治理」對抗資源匱乏，以「公民倡議」推動在地文化意識覺醒，「別人用觀光看台南是滿地美食的古都，但安南區的我們要怎麼看待自己身為台南人的現實？過度強調概念化的城市印象以致地方感和史觀錯亂，這是我們要面對的問題」，這也是吳茂成提倡沿水而走的初衷，只有徒步漫行才會親身見證問題所在，「現在都市人幾乎都沒有『水』的經驗，不是遺忘，而是從一開始就被剝奪了，沒有治水史就是都市發展史的概念。」

這樣一趟路程，難被觀光收編，無助產業升級遑論帶動經濟成長，但卻是我認為創生該做的功課。唯有放下拚經濟拚觀光的欲念，先從在地公民意識倡議做起，注重教育與傳承，藉由徒步讓居民認識地方，才有改革的可能。走路不只是運動，走路更是抵抗，是質疑，是認識世界的方式。地方創生必須先從願意持續進行把一隻腳放在另一隻腳前面的運動開始，去和人交談，去不斷裂地體認周遭環境。無論地方創生是不是口號、無論口號怎麼換，要改革都必須先認識與理解，走路是最好的方式。

回到開頭的黃大哥，當我們在討論創生，討論城鄉，究竟誰是蚊子、誰是鳥？誰是拍照的黃大哥？最終得利的又是誰呢？■

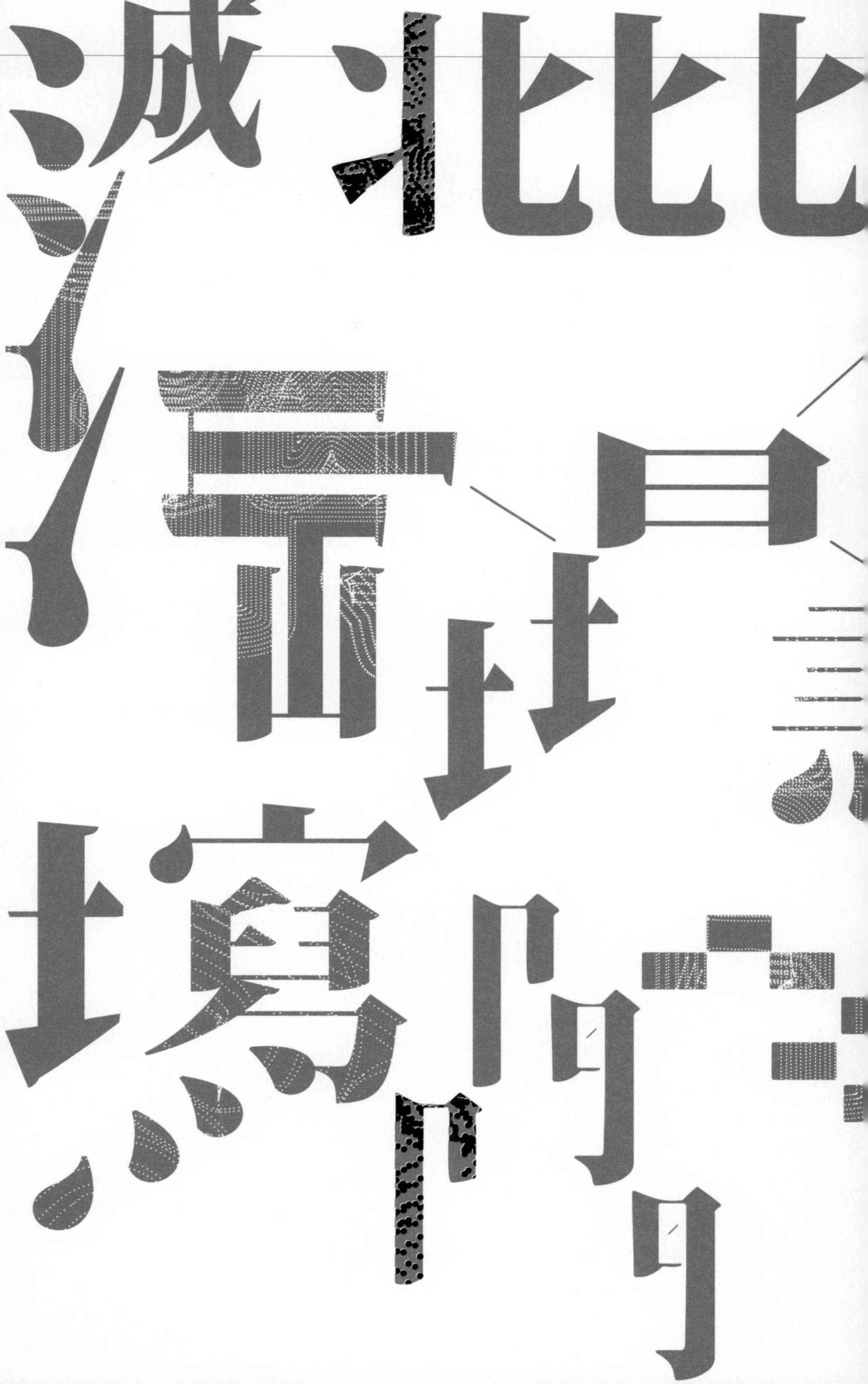

文
陶維均

台北人，考慮往島東移居。創意工作者，有点文化及為君藝造負責人。受父母影響熱愛步行，無論去哪地旅行或工作，至少行程擬出一天走二十公里以保神智清明。島內尚有宜蘭、桃園、台中、彰化、屏東未曾履行，若有步行主題邀約各方歡迎。

引路人

姬特・強森

Kitt Johnson

丹麥編舞家，身兼編舞與表演者，是 X-Act 舞團的藝術總監。以細膩的舞蹈語言、獨特的空間／舞台觸覺及出色的肢體控制為表現風格，近年也受邀至澳門及韓國等地進行在地共創計劃。走跳全球的特技是完全不用 google map，以身體辨識城市方向（且從未迷路），受邀參與二〇一九臺南藝術節，與台灣藝術家曾伯豪、馬維元、張婷詠、陳宜君共創《層中隙 tsân-tiōng-khiah》，帶領觀者遊走中西區巷弄。

一個「外國人」如何走進陌生城市？大多數旅人可能是：行前輸入「目的地」到 Google Map 儲存加星號，抵達後便可長驅直入；又或者，直接對著科技伴侶呢喃下令：Hey, Siri. 我要到＿＿＿。

如此直覺又機械的行為模式，讓虛擬地圖覆蓋了真實地景，一個一個行程表上的「目的地」容易混淆為城市的全貌。該是時候採取新方法來描繪一座城市了。編舞家姬特・強森的方法激烈卻單純——第一步：丟掉 Google Map；第二步：走路。她用無目的的行走鍛鍊方向感，讓城市直接勾引身體感官，這需要冒點險，但或許值得——畢竟，透過「獨自行走」見著的城市細節，不來自雲端共享，只屬於你。

藝術╳凝視．想像

走進城市的方法：

跟文、城下、市地、相圖、互，「勾、引」

一個歐陸白人藝術家要進入亞洲城市，以「田野調查」之名，與當地民眾合作，這種「共製」模式總是令人起疑：現今的藝術家總是透過在世界各地的表演、創作或駐村，展現在全球化中的高度移動能力，這種能力與其說對當地文化有所助益，不如說，更能幫助藝術家在藝術世界裡累積文化資本：藝術家的移動力越高，在職場的身分地位越高。

「地方」在這樣的情況下，通常變成藝術家的陪襯與工具，所謂的「現地創作」或與當地「合作」，表面上看似是平等的交流，實際上卻更貼近「創造／代工」、「取用／被取用」的不對等關係，有些批評甚至認為，這樣的藝術生產模式，是再製與強化原先就具有殖民意涵的世界秩序。

來自丹麥的姬特．強森，既是歐陸白人，又是資深編舞家，近年來更常在世界各地進行現地創作，簡直集所有政治不正確於一身。

然而，面對這些跟合作倫理的相關問題，姬特的回應相當有趣：她一方面強調創作過程必須謙卑謙卑再謙卑，另一方面，姬特的創作方法，也不是要消弭「殖民／被殖民」的二元分野，反而是要透一場「人我彼此勾引」的過程，開啟藝術家與地方之間，另一種更細緻的互動模式。

勾引，但不侵犯

勾引的第一步，是行走。

透過行走，姬特開始辨認城市裡具有人文紋理的區域；透過行走，姬特發現總是被忽略的謎樣地帶；透過行走，姬特的身體開始融進城市裡。既然是勾引，目的性就不能太強，否則就不浪漫了：「如果事先知道目的地，我們就會一直在想要『抵達』(arriving)，這樣就會忽略很多城市的細節。」為了讓城市勾引身體，她從不用 Google Map 或任何導航程式：「我會先看一次紙本地圖，腦裡先有個圖像，然後就直接到大街小巷裡探險。我從不用導航，因為那會讓我迷路。」

沒有人可以預測勾引的結果：「有些事物就這樣迎面而來，開始刺激我去找，我總是不知道自己在幹嘛，但我知道自己正被某些東西吸引。」「我不可能事先知道自己會碰到什麼人，結果常常是碰到原本一輩子可能都不會有交集的人，我只能謙卑，才能了解並遵守各種規則，否則根本不可能繼續。」其中，語言是個很大的變數：「雖然有翻譯，但人的想法、感受正在湧現時，常因語言障礙而錯過。」然而，她仍選擇在語言中掙扎：「還是得溝通啊！如果我真的想了解一個城市，這是逃不掉的。」

被勾引到的瞬間，姬特會化身為好奇寶寶，開始狂做筆記、逢人必問，並觀察城市空間的真正歸屬：這個板凳是醉漢的、那個街區是黑幫的，「歸屬權很重要，你不希望侵犯別人。」

如果她想用這些空間創作，在地翻譯就要化身為「喬王」，有時甚至需要繞好幾層，才能找到關鍵中間人；例如姬特有次想在一個黑幫管轄的街區創作，卻苦無門道，只好到處探聽小道消息，最後找到已金盆洗手的退休大佬，透過大佬傳話，才跟黑幫老大接到線，獲得允准，「結果演出當天還是有小混混來鬧場、丟石頭，我就跑去跟他們說，我已經得到老大的允許！小混混聽了就拍拍我的肩，大搖大擺地走了。」

二元以外的關係

這樣來來回回的相互勾引，常常只能是當地限定、無可複製：「我把在特定場域創作分成 site-sympathetic、site-generic、site-specific。Site-sympathetic，是把場域當作舞台背景，例如在排練場排好哈姆雷特，再搬到港口演，這樣的作品無論放到哪裡都可以。Site-generic，是為某個環境量身打造，例如我曾做了在地下停車場的作品，那我可以在任何一個地下停車場重製。Site-specific，對我來說是更基進、嚴肅的，也就是說，作品在各個層面都完全屬於當地，你不可能重製、改編，更不可能巡演。」

於是，針對「殖民」與「文化資本」的疑慮，姬特很從容：「有些空間的所屬者，例如黑幫老大，是不准我錄影拍照的，我根本無法留下紀錄，更不要說放在個人作品集、拿去洽談下一個案子。另外，我也曾碰過當地民眾很想做，但我很清楚這些內容不會被任何一個策展人認為是『藝術』，不過，如果這些事對當地社群是有意義的，我還是會做。」對姬特來說，與其在「殖民／被殖民」中打轉，她更想在許多未知與變數之中，用身體與城市相互勾引，以此交織出在二元對立之外，更多細緻且真實的關係。■

❶原文出自《返田野：人類異托邦故事集》：「如果田野工作起始於對『她／他者』深刻的好奇，而且是透過田野工作者的身體力行，深入田野日常，進而成為田野的一部分來對他者展開探問，那麼，田野工作必然在每一個環節與層次都涉及了田野工作者與田野對象之間的心念交錯、言詞互動、生澀相聞，與肢體應對。在這個人我彼此『勾引』而斷續交織的過程中，『他者』無論如何不會只是讓我們獲取書寫材料的『工具』，而是田野工作者必須謙卑討教、努力建立互信、嘗試認真理解與對待的『目的』本身。『田野即目的』的背後，是『迎向她／他者、認納他／她者』的價值選擇與生命倫理實作。」趙恩潔、蔡晏霖，2019，〈反田野，返田野：給這一輪田野盛世的備忘錄〉。收錄於《返田野：人類異托邦故事集》，新北：左岸文化。

文 吳孟軒

以前跳街舞，後來混劇場，現在念博士。生活總是既跳舞也寫作，既創作也研究，寫過幾年舞評、做過雜誌編輯，得過碩士論文獎，現正練習策展。性喜散步、做菜、追劇與觀察貓，最喜歡的編舞家是亞蘭．布拉德勒（Alain Platel）。

引路人

莫兆忠

一九七四年生於澳門的劇評人、劇場編導及策展人。二〇〇一年妻子盧頌寧與其友人成立足跡Step Out，〇三年莫兆忠加入，「在地創作．環境表演」有《有眼睇》系列作品，關注澳門在地歷史脈絡，前期作品以大量的田野調查為方法，企圖為澳門寫史；後期作品如《咖哩骨遊記》則不以訴說城市的「真實故事」為目的，加入虛構的幻想成分。受邀參與二〇一九臺南藝術節，演出台南版《咖哩骨遊記 2019．旅行裝》，從全球化角度出發，延展出跨地域的城市故事與個人認同。

當代都市人的生活，存在於不只一個空間。我們同時存在於各式社交軟體、搜尋引擎、音樂串流平台……我們被挑戰看到更多、學習更多、消化更多，比如當我們決定前往異地旅行，行前輸入檢索詞，各種被整理好的「＿天＿夜走＿國」懶人包迎面而來，旅行的「未知」少了，而在此些被寫定的城市地圖中，要如何找回一些純粹的快樂與驚喜呢？

莫兆忠的方法是在城市中「放空亂走」並「點歌」，讓視覺、音樂、想像與空間不期而遇，他說：「我覺得城市應該要可以讓人迷失、迷路，在這過程中，你會意識到城市不是簡單的觀光印象，應該有更多面向，容許人探索、想像，而不是讓旅人在某些觀光點就完成了你的台南，這是我個人在台南亂走的體驗。」

走進城市的方法：

、、、、、

讓自己迷路，為空間點一首歌

從澳門文化局大樓出發，經塔石廣場、荷蘭園、瘋堂斜巷、望德聖母堂、文化遺產廳、大炮台迴廊、大炮台到澳門博物館——這是莫兆忠每日上下班路徑，他將這張再熟悉不過的地圖以夢遊的狂想織進了澳門版的《咖哩骨遊記 2019・旅行裝》，讓「咖哩骨博士」透過耳機喃喃改寫、重構澳門，有趣的是，該作完稿跟試走的地點卻在台南，「耳朵裡的故事是澳門，眼睛見著的卻是台南，」他聲音低低，「陌生又熟悉。」對莫兆忠來說，「陌生」提供深度，當眼睛所見、耳朵所聽、腦中所想與身體所及之間產生了不一致，「另一個世界」就出現了。

「走在城市中，會有故事出現。在《咖哩骨遊記》中，我寫了一個地方叫矮人國，因為新的政權來了，他們要消滅對時間的概念——我會開始想，如果這件事發生了，這個地方會有什麼改變；但同時，我也不想去想，而是讓故事慢慢滾動，產生一些可能性。我逃避寫入我的已知，而試圖告訴你另一個故事，此些空間的歷史是我想像的基礎，而非直接的挪用。」他頓了頓，「我希望戴著耳機的旅程中，行走的是實際的場景，但聲音訴說了另一個空間，但兩者相加可能可以產生第三個想像，觀者有選擇連結的自主性。」

從「咖哩骨博士」的前身——《冇眼睇》這一系列來講，莫兆忠從最開始「說澳門的故事」，發展至今則是要讓我們看到表象之後的另一個世界，「這是澳門，但又不是澳門。」

用劇場寫歷史

對這位在一九八九年民主運動浪潮上首度接觸劇場，大學念傳播，研究所讀文學，歷經了澳門主權回歸、賭權開放、登上聯合國世界文化遺產、文化遺產爭論白熱化等劇烈變革，堅信「劇場要去思考當代生活與歷史的關係」的創作者來說，投入「在地創作・環境表演」，去認識這座短時間內體質劇烈改變的城市，如水流般自然，「畢竟澳門直到現在都還沒有本地的歷史教科書。」

最開始，莫兆忠的創作動機來自對自己所處的城市一無所知的焦慮，他以劇場為媒介，進行田野調查、耆老訪談、文獻資料的研究與梳理，企圖重建澳門的過去，「我們張開眼睛，但看不到任何東西，就好像我們是開了眼的盲人——生活在澳門，卻沒有看到澳門，或根本不知道澳門是什麼。」

莫兆忠帶著研究者的熱忱，從對故鄉的一籌莫展開啟創作，但十多年過去，有一回演出讓他感到「巨大的悲傷」，他說：「我混在觀眾裡邊看邊走，發現曾經受到訪問的一些老先生來看，看完後就默默離開，不跟我打招呼，他對我說『很新鮮』，其實他們根本看不懂我在幹嘛。」莫兆忠明白老先生們期待那些懷舊的記憶能被重現，「我們做出來的東西根本是另外一種他沒有期待的東西。」這讓他回到原點，質疑透過劇場為城市寫史的必要性，他問：「到底藝術跟『地氣』的距離該如何平衡？藝術該如何帶領觀眾從另一個角度去看待習以為常的故事？」

因此，在進入、書寫城市的過程，他學著留出空白，回歸表演的創造性，「最重要的是坐在那邊，花很多時間發呆。去面對想要討論的空間、會出現的人，打開感官，等待事件發生。」

「我比較順暢的作品，都是我在空間中進入無意識的狀態後所創作的，不用特別去思考，就可以從此處走到彼處，我在裡面好像有一些什麼東西可以帶動我、指引我。」如澳門版的《咖哩骨遊記2019．旅行裝》在熟悉的生活路徑中，讓他長期處在工作狀態高速運轉的腦子得以喘息，「在放空的狀態，讓空間跟時間走進心，不是我走進空間想要挖什麼，而是空間試圖跟我說什麼。它會跑進來。」

聽覺與空間的超連結

關鍵在於莫兆忠在二〇一三年擔任台北藝穗節看戲大隊的旅居經驗，「捷運是很城市化的空間，很中性，沒有陌生化的問題，但沿途的風景從隧道到開放空間，變化很大。我會戴耳機，看窗外風景的變化，每次進出都是不同的音樂，路程熟悉後，我開始有意識地選歌，比如搭配窗外從漆黑到明亮的剎那。我很愛玩這個遊戲。」後來他在台灣以火車往來各地，印象最深的一回是二〇一八年在花蓮的最後一場校園巡演。

那日工作結束，莫兆忠與朋友快樂相約午睡後看海，「對澳門人來說，看海是很寶貴的事。」睡醒，手機傳來香港音樂人盧凱彤過世的消息，他躺在海邊，心懸掛在彼方，快樂哀傷並存，「世界擴張了，像開了很多感官的視窗。」回程北上，他刻意跳過 ipod 中的盧凱彤，但李壽全《張三的歌》竄進耳朵，在花蓮與宜蘭交界的山河，他卻看見與盧凱彤曾在足跡辦公室的身影，「當時覺得視覺與音樂與想像的空間不期而遇，但好像有必然的聯繫。」

「這讓我清楚意識感官的改變，在思緒集中的前後是差異很大的，」但既然城市的想像參與，有賴於每個旅人自身，置身此處或他方似乎不是重點，當我們所有人都活在共同的、全球化的、科技文明主宰的處境中，莫兆忠更想問的是：「一個人到底選擇什麼連結？文本、聲音、環境以外的『想像』到底是什麼？想要改變的現狀什麼？我很好奇。」■

文 張慧慧
現職編輯、採訪與寫作。新北市人。台南觀光客。以前讀文學，現在寫藝術。喜歡走路、狗，以及跟狗一起走路。

×自然

台南公園、、、、

地方

↓設立於一九一七年、剛度過百歲生日的台南公園，是臺南市現存最古老、同時也最大的公園。帶有[illegible]的庭園，除了實踐日本政權對於現代化城市的想像，也是當時林業政策的實驗場，引進金[illegible]，為目前公園內一百六十多種木本植物、八百多棵樹奠定了生態基礎。戰後一度被更名為[illegible]改回舊名。除了植物景觀，公園內還有曾為府城十二景的燕潭，過去作為燕潭和[illegible]，以及重道崇文坊、原臺南公園管理所等古蹟。

我走入台南公園，
這些沉默的花樹靜靜佇立在城市的一隅，
移植、落土、生根、繁衍、死亡……
見證了城市的變遷，
這片古老的綠地，
也蘊藏著想像人與自然關係的可能。

[redacted]

[redacted]沉默的[redacted]

[redacted]

隅[redacted]

[redacted]

見證[redacted]變

遷[redacted]

[redacted][illegible]想像人

[redacted]

我彷彿聽得見河流的嗚咽，那片綠地底下，藏著一條河，熱帶樹木茂密的枝葉，在夜晚伸出枝幹來，緩緩的伸長、觸碰彼此。葉子掉落，靜靜腐朽、沒入土壤。在這片古老綠地裡，蘊含新生命，自然在人為環境中，掙扎著想要呈現自己……

我在府城，尋找自然的痕跡。滄海桑田，內海的海岸線早堆移得老遠，城內原本的河流一一被埋入地下，傳聞中府城七丘[1]，被建築物遮蔽到看不出坡度起伏。自然似乎被隔絕在舊城之外，間隔得老遠。

幾年前回到台南時，市區老樹死亡的消息不斷傳出，褐根病[2]、土壤硬化、棲地空間惡化、修剪不當，都是原因。老城的老樹一直死亡，反映出地表下什麼問題？植物也無法存活的城市環境，人能好好生活嗎？

台南已經不是我記憶中樸素、低密度的城市，空地的開發、綠樹的砍伐，原本城市的面貌，被喧囂的交通、更大量體的建築所淹沒。自然在城市中，該被留有什麼樣的空間呢？該扮演什麼樣的角色呢？

也許我們應該回到過去的城市歷史去追索。我走入台南公園，這些沉默的花樹，靜靜佇立在城市的一隅，移植、落土、生根、繁衍、死亡……見證了城市的變遷，這片古老的綠地，也蘊藏著想像人與自然關係的可能。

綠色的撫慰

十九、二十世紀初，熱帶的殖民城市都在興建植物園，日本在台南也開始設立樹栽育成場[3]，植物因其觀賞、藥用或經濟價值，從海內外被引入，生長頗能適應台南的風土。

雨豆樹生長迅速又抗風；鳳凰樹五、六年可生蔽蔭，花瓣殷紅穠豔，枝幹強健可防颱風，被評為優等木，廣泛種植為行道樹；金龜樹多樹瘤，有時傾斜或臥倒在地上，頗符合日式審美美學……這些南洋樹種的到來，改變了原本以榕樹、苦楝、龍眼為主的本地植物景觀[4]。

相較於清朝時代的府城，人為植栽多種於私人園林，如吳園或至今仍存有許多老樹的蘇萬利花園[5]舊址，對公眾開放使用的「公園」，是一個源自西方的新概念，十九世紀在英國，隨著人口增加、建築物密集，倫敦首先將皇家和私人獵場轉成綠地作為市民休閒、紓解身心的場所。美國紐約中央公園的成功，更帶動現代城市闢建公園的風潮。

台南公園的興起便始於這樣的脈絡。十九世紀末日本仿效德國等西方城市設計，在台北、台中、嘉義、台南、高雄等城市進行「市區改正」計劃，除了拓寬道路、興建下水道，也包含設立城市公園，企圖完成亞洲的現代化城市。一九一二年，台南透過公私協力的方式，在台南車站一帶開始籌設公園。

為什麼會選擇在這個地區呢？相較於當時府城西區民權路一帶發展較早，屋舍擁擠、地勢低窪，大北門附近原本是清代總鎮衙署兵營等軍事單位駐紮之所，鄰近火車站，人煙稀少，適合成為日本人居住的新設街區[6]。

當地的地勢、自然條件也適合造園，日人利用隆起小丘，形成綠岡與賞景亭台，將低地水澤改造為流轉循環的水體，串連水池、瀑布與小河、噴水池。水脈豐沛，應該是公園植物興盛繁茂的基礎，日人保留了原地的榕樹、苦楝，又新種兩萬多棵樹，包括菩提樹、鐵刀木、羅旺子、印度黃檀、可可椰子等南洋樹種，以奇花異卉，吸引遊人賞玩，反映出當時日本人蒐羅世界植物的版圖之闊。

公園裡更精心布置了和風庭園，瀑布區（綠瀧）的泉石，形成流水，注入大和池，適合靜心觀賞，成為精神與心靈的所在，更是日本人藉由植物與山水的語彙，傳達出自身文化的精神。

❶ **編按：**府城七丘指府城內被德慶溪以及福安坑溪兩水道切割而成的丘陵，合稱為「府城七丘」或「鳳凰七丘」，包括赤崁（赤嵌樓）、鷲嶺（北極殿、台南測候所一帶）、山仔尾（延平郡王祠）、山川台（東門圓環）、崙仔頂（台南一中）、覆鼎金（台南醫院）和尖山（聯勤兵工廠）等七座小山丘。

❷ **編按：**褐根病被形容為「樹癌」，是一種木本植物真菌性根部病害。樹木一旦罹褐根病，感染部位會出現白色腐朽、內側不規則網紋，黃色菌絲面包圍根部等情形，嚴重時甚至無預警倒下，對都市林和公共安全造成極大威脅。

❸ 此樹栽育成場在小西門外，是日人最早引進外來植物的所在。參見李瑞宗：《台南公園，如鏡反射》。臺南市政府，2017。

❹ 李瑞宗：《台南公園，如鏡反射》。臺南市政府，2017。

❺ **編按：**蘇萬利花園舊址於今日的「台南神學院」。

❻ 葉偉倫（2015）：《從都市計劃檢視日治時期的臺南現代性》，國立中正大學歷史學系研究所碩士論文。

原本清朝舊城的大北門消失，城牆拆除，筆直道路開闢，圍繞著公園，我們可以想像日人發展出一種花園城市生活的情調。一九一七年公園開園前後，公園周邊陸續有了台南中學校（今台南二中）、花園小學校（今公園國小）、台南高等工業學校（今成功大學）等公共設施，兵工廠旁設有步兵官舍（今三二一巷日式宿舍區），有頗具歐洲風味的偕行館（軍方賓館），供從新台南驛（火車站）下車的軍官住宿，原本城北空曠荒地轉型而為環境清幽、交通便利之新發展地區。

在台灣，要與「四時苦熱的氣候搏鬥，心神真是備感疲憊；能為亞熱帶地區的市街地生活提供安慰的就是公園了。」[7]一九四一年日人擬定都市計劃，進一步提出四十公尺寬的公園道計劃，以形似綠色隧道的行道樹，連接城市東南西北主要公園綠地，以調節城市的氣溫、溼度，構成環狀的綠地網絡系統[8]。植物是城市規劃的核心，這個日治時期理想的城市藍圖，至今看仍顯得進步。

失落的綠項鍊

一百年前日人對現代城市提出了願景，一百年後的我們，對城市是否有新的規劃與想像呢？

早期的公園概念，企圖將自然引進到城市的人造環境中，希望控制城市的蔓延與擴張，並紓解大眾的休閒需求，是以人為中心思考。隨著氣候變遷下，城市面對暴雨、極端氣溫、碳排放量增加等挑戰，公園綠地系統在生態城市中也有了新的意涵。

十九世紀末，美國波士頓就有所謂的翡翠項鍊[9]，公園之父歐姆斯德（Olmsted）以城市自然地貌作基礎，利用綠道將各個公園、綠地、水系連接起來，綿延環繞城市宛如一條綠色項鍊，供人們親近自然、徜徉性靈，也結合河流整治、環境復育功能，提出一個奠基於自然價值現代市民城市。

近年來，城市生態綠網、綠色基盤[10]概念興起，以倫敦為例，公園綠地被視為像電力、自來水、光纖等城市必備的綠色基礎建設，串連自然地景、開放空間、鄰里公園、遊戲場、小花園……這樣的都市綠網，具有調節城市氣溫、防災、增進環境健康、生物多樣性之功能，更能促進在地步行、社區互動，結合文化價值與歷史記憶，形塑地方的特色[11]。

如此生態規劃，對促進城市生活品質、提升城市價值，可能勝於建案式的開發。可是我們的城市卻不見有遠見、有企圖心的想像，日治時期的林蔭公園道規劃，至今只有東豐路、林森路兩段完成，其他轉為一般道路，成為未竟的藍圖。相較之下，台中以環狀路網逐步興闢綠園道，對都市發展甚有助益。民國五、六十年代，公園旁城郊邊緣的魚塭、農田，盡被填平蓋房舍，寸土寸金的城市，人們對自然空間的不重視，從都市計劃法規定公園綠地應占區域面積的百分之十，台南北區卻僅占百分之三點六一可知[12]。公園周邊的歷史老樹如福州公廳的百年榕樹，隨著公有土地的出售，一棵棵消失在人們的記憶裡。

在此之時，公園卻開始興建越來越多的人工設施，水泥鋪面使樹木生長的空間越來越限縮。城市重景觀而輕生態，一度舉辦的百花祭，遊園人欣賞的臨時性草花，無法落土，只能觀賞表面的美麗，我們似乎對公園、對植物在城市中具有的可能失去想像了。

也許是因為管理不當、修剪方式問題，植物棲地惡化、感染病菌，陸續有鳳凰樹、羊蹄甲、榕樹、銀樺、雨豆樹等相繼得病死亡，其中羊蹄甲死了三十多棵。植物的聲音似乎在公園中暗啞，發出微弱的呼求聲。

自然教室

我跟著一群台南社大的師生，在春日的午後走進台南公

7 內務局土木課，〈臺灣に於たる市區計劃〉。1941。

8 林奕萱（2012）：《都市公園道空間轉化之研究—以臺灣五個城市為例》，逢甲大學都市計劃所碩士論文。

9 Emerald Necklace，由紐約中央公園設立者歐姆斯德完成於1890年代的城市公園系統，串連十數個波士頓公園。

10 green infrastructure，即綠色公共建設。

11 邱秉瑜（2015）：〈把公園綠地串在一起！看倫敦如何強化城市綠色基盤〉，鳴人堂。（https://opinion.udn.com/opinion/story/7885/1128311）。

12 臺南市政府都發局（2014），變更臺南市主要計劃（第五次通盤檢討）案。

園。羊蹄甲開得如煙似霧，苦楝淡紫朦朧，陽光流轉，灑在雨豆樹斑點的樹皮上，幾個人牽手合抱樹木，將臉貼上去，感覺到樹木溫度，新生的樹皮帶著清新的味道，一點也不像一棵百歲老樹。

從二〇一五到二〇一七年底，在公園開園屆滿百歲前，台南社大舉辦了「公園故事100」，以一百場活動拉近人與公園的關係。如果老樹的死亡，反映著人與自然關係失落的根本問題，那麼「最鄰近我們生活的都市公園，可不可能成為翻轉關係、環境教育的起點呢？」

我們到羊蹄甲林認識植物棲地，晁瑞光[13]老師以他的經典動作，將螺絲起子插進土壤裡，顯示土壤硬化的程度；觀察公園裡的運動設施、動線安排，檢討人為使用與植物生長如何透過設計共存。

在肯氏南洋杉的小樹林中，我們觀察鳳頭蒼鷹，聽著城市「追鷹人」的故事，原來台南公園因為環境多樣、樹冠覆蓋率高、食源豐富，是台南北區的重要棲地，一座公園通常只容許一對蒼鷹棲息，巴克禮公園、億載金

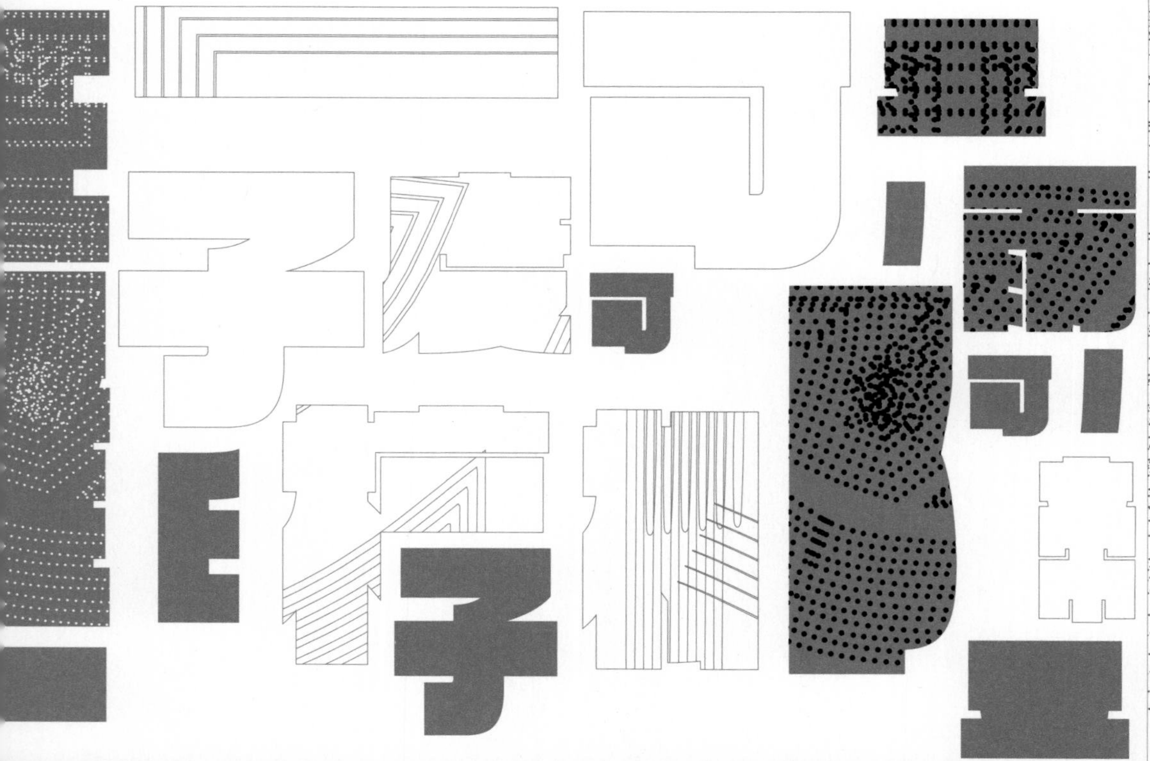

城，也有各自的鳳頭蒼鷹家族。

我們在燕潭念慈亭聽水域調查的發現，在文元溪河岸復育水生植物，創造水生小動物棲息繁衍的空間，希冀一條涵養哲學心靈的小河。在自強亭上土壤生物課，挖一勺土在放大鏡下，是這些小小生物在落葉、草叢間活躍的存在，是植物有健康土壤的基礎。

走出公園，我們探索舊城邊緣的自然遺痕，公園內有大北門舊址，四周有豐富的文史遺跡、古老的社區紋理，形成一種隱逸的北區生活氛圍。如何串連公園、社區綠角落、生活據點，形成散步可及的日常生活，甚至結合綠色交通呢？我們描繪巷弄綠帶社區地圖[14]，開始想像台南版都市綠網的可能。

台南公園旁的兵工廠，因為自清朝起即為軍方用地，是難得未被開發的大型空地，留有坡度起伏的自然地形，

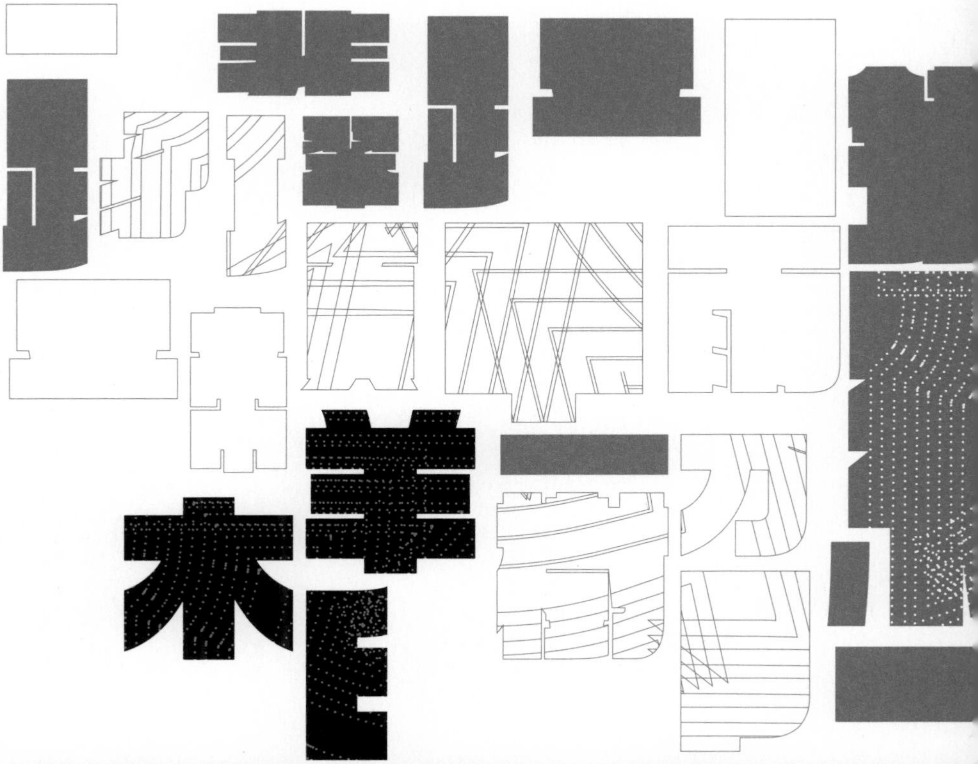

⑬ **編按：**為台南社區大學環境小組研究員及講師，長年關注台南樹木保育、海廢、環境污染等議題。

⑭ **編按：**由本文作者協同台南社大地圖工作坊完成的踏查報告，參見：https://eyesonplace.net/2017/08/02/5972/。

有蓊鬱的林木，蜿蜒的溝渠。然而短時間的強降雨常造成淹水問題。釐清台南公園的燕潭、文元溪古水系與都市水環境的關係，這似乎是一個綠地開發結合滯洪、治水的好課題。

一次次，我跟著其他參加者踏入台南公園，這是公民學習以當代生態觀點來理解公園。宛如國外民間常有「公園之友」(Friends of the Park)，人們開始與政府單位、民間團體、環境組織對話，彼此討論該如何想像公園的下一個百年。

如果說，什麼樣的市民就形成什麼樣的公園，也許日治時期引入的公園的概念並未被台南人所理解與珍惜，遑論以自然地景為重、爭取自然地景在城市的呈現。今日我們重新摸索，將這個原本來自異國的觀念，在本土開展出自身的形貌，注入新內涵。

創生綠記憶

一個午後，我在奔波中經過台南公園歇息。有很久，沒有這樣無目的地來到公園了，就只是看看綠意、陽光，聽聽日式庭園的水聲。

一直到最近我才想起來，其實，我就是公園旁長大的小孩。兒時的盛夏，蟬聲叫得整片樹木震聲作響，在樹下灌了好幾瓶寶特瓶水後，「杜伯仔」(tōo-peh-á，螻蛄) 爬出潮溼的泥土；下雨前蜻蜓飛在康樂台前的草地上，藍色、綠色、紅色的身影高低飛舞；雨後，瀑布區山水就會傾注下流水；我在溜冰場學溜冰，到圖書館吹冷氣看書，到湖邊去看人釣魚，總是被動物區的猴子嚇一跳，在公園的步道上參加寫生比賽，在草地上埋下我第一隻死掉的寵物兔……

這些花木間的樸素回憶，不知為何，隨著成長，逐漸停格褪色，我花了好長一段時間才重新想起。蟬聲，的確不像以往那麼大聲了，小時候悠閒徜徉在老樹下的緩慢氛圍，也逐漸消失，但那種在草地遊玩的輕鬆，植物給予的親切，始終在我體內。也許因為如此，我在城市中，總是失落地尋找著自然。

文 吳比娜

台南人，喜歡在大街小巷趴趴走，曾任職建築師事務所、民間基金會，在社大開設城市散步課程。台大城鄉所，哈佛公共政策與都市規劃碩士，著有《尋訪台江古早味》，合譯《如何謀殺一座城市》等書。

對於馬路上呼嘯而過的車潮人群，台南公園，宛若由樹影所包圍的黑盒子，封存佇立在城市一隅。不敵咖啡廳、百貨公司等室內空間的興起，公園不再是城市生活的焦點，「年輕人不再來到台南公園了。」只有每到周日，一群群東南亞移工鋪上野餐巾，在樹下彈吉他、唱歌、飲食，便可在公園度過一下午，對於已經習慣在室內消費休閒的台灣人來說，這樣享受戶外空間的能力，反而充滿一種單純的懷舊感。

人為什麼需要自然？也許因為我們身為物種之一，也在尋找棲地，而一處有水源、有鬆軟的土壤，總是讓我們感到放鬆跟安適，一個植物能繁茂生長的地方，人也能安居吧。

府城會有怎麼樣的自然面貌？我在公園裡小歇，想像這片古老綠地也有新生命，綠意向外溢出，河流清越向前流動，植物正在邀請著，請我們與它相遇。■

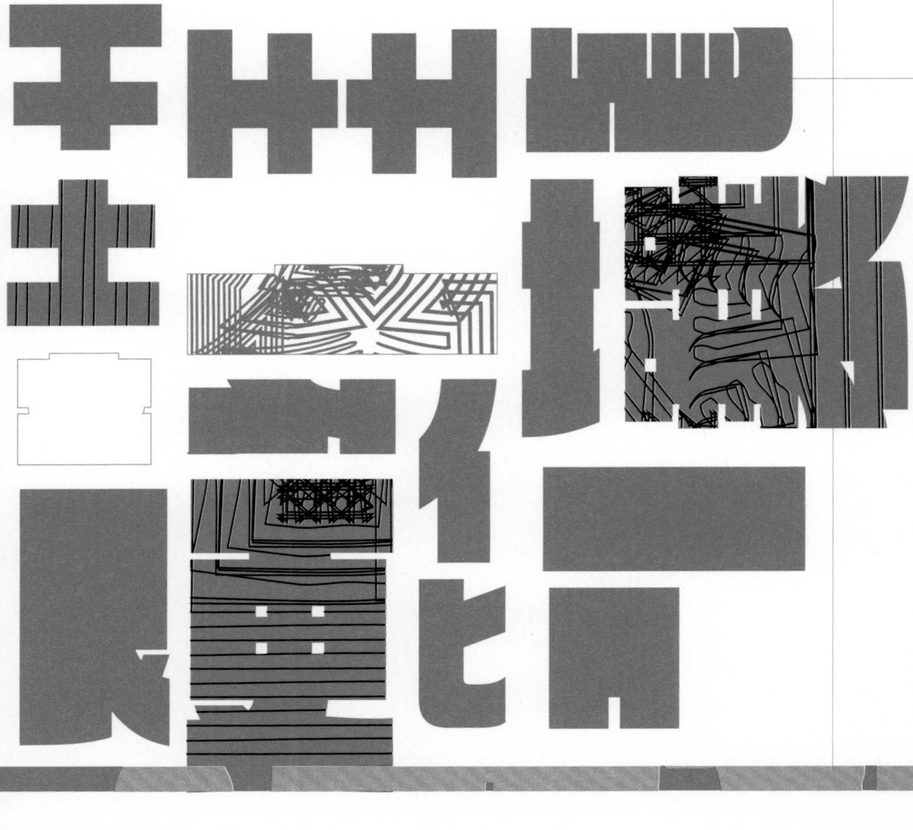

輯二

地方

台江溼地、、、、

↓台南溼地多，特別是古代台江內海、今日的七股和安南區內，就有[illegible]溼地：有「台灣[illegible]亞馬遜河」之稱的四草溼地、曾文溪口溼地，

地方

以及鹽水溪口和七股鹽田兩大溼地。這四大台江溼地具有許多價值，其一正是作為瀕危鳥類——黑面琵鷺的越冬棲地。每年全球有超過百分之六十的黑面琵鷺會來台灣渡冬，其中高達九成出現在曾文溪口溼地。這國際馳名的嬌客在台灣歷經大量死亡、棲地差點等危機後，總算獲得了一座「台江國家公園」作為冬季的安棲之所，也讓台南成為國際鳥類愛好人士的必訪之地。

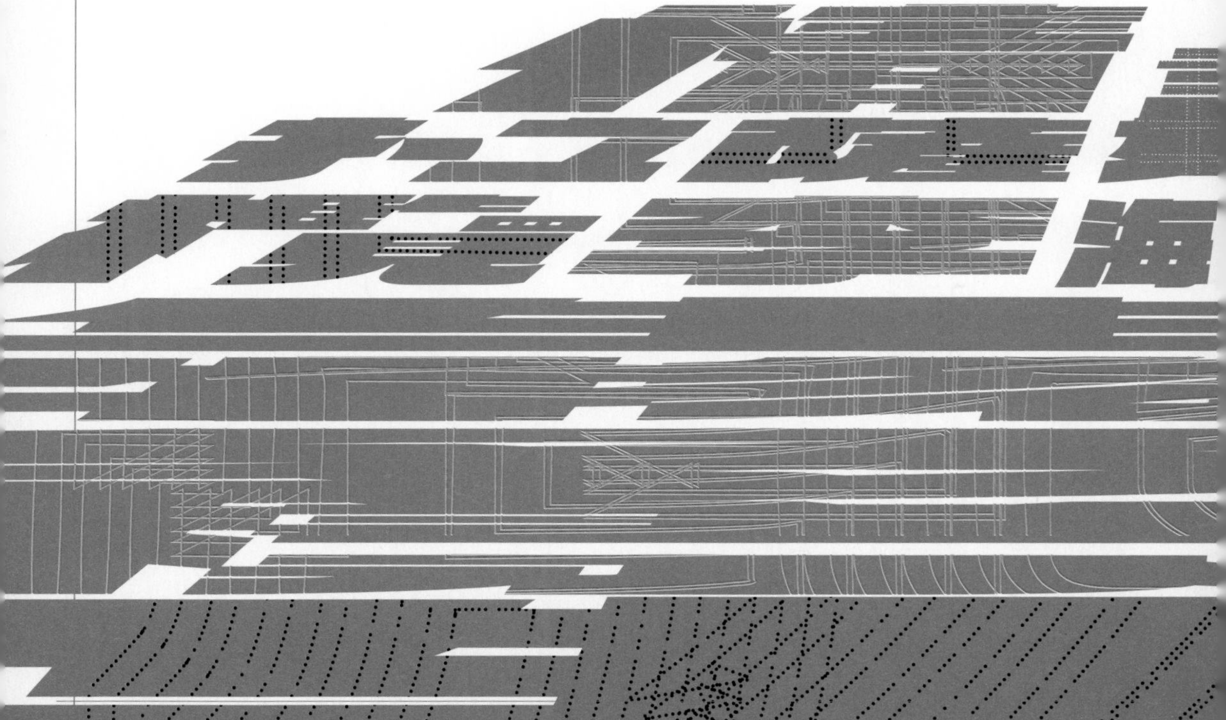

[redacted]夜[redacted]

日落後灘地[redacted]

[redacted]

[redacted]

[redacted]

[redacted]潮水上漲時

[redacted]精采[redacted]

[redacted]

從傍晚直到深夜，
我們獨享日落後灘地的黑暗與寬廣。
就空間的衡度而言，
從陸地這端到地平線那端，
都是我們的，空曠而深邃；
從時間的量度而言，
潮水上漲時，
將會帶來夜晚的精采，
只是精采雖可預期卻無法計量。

地方

歎

你還記得我多久沒寫信給你了嗎？我不記得了。

總之，沒事時不會想要寫信給你，忙時偏偏又沒空提筆，翻來覆去都是藉口，故事就那麼一天又過一天，一天再過一天。並不是我偷懶，而是相處生活久了，我以為你早就熟稔了我所想的，正如我早已習慣了你的存在，就如魚習慣了水，我習慣了你。坦白說，我也知道這不是件好事，熟悉是件好事，但忽視是件傷人的事。

我們一同出門時，我總喜歡把導航打開，打從還沒有手機導航的那個年代，便拿著出野外用的機器這般玩著，那時的機器只會傻傻記錄我們去過的路，那時的我們彷彿無盡的時間，白天接連黑夜，清晨延續前一夜，漫無目的地晃盪，偶爾興起停靠的碎石海灘便能讓我們玩上許久。對於帶著海洋氣息的你而言，我喜歡看著你看著海的樣子，一如我看著那群水鳥在灘地跳步的樣子。

某些方面而言，你與那群鳥的模樣是重疊的。那時的我便開始扮演一千零一夜裡說故事王后的角色，用文字敘說著我們曾經去過的地方，發生過的事，以及那些我不好開口卻能輕鬆寫出來的話與故事。幸好，我是個鳥故事杜撰者呀，我的工作就是將那些從小鳥、樹木或者溼地上搜集到的數字，轉換成文字，再轉換成不同的故事。說故事並不是什麼困難的事，困難在於該怎麼對你說那些關於我自己與我碰到的事。

我害怕面對自己，一如我害怕面對忙碌後的空虛一般。

總之，今天我想說幾個故事給你聽，關於海的，關於溼地的，一些曾經發生在我身上的故事，那些在我們尚未相遇時發生在我身上的事。只是啊，人就是這樣，發生的事情許多許多，碰過的狀況許多許多，真要詳述那一天那一次，我卻說不出個所以然來。

於是，我只能告訴你有一次，而且是真的，相信我。

真的。

坐待水湧

溼地的定義是什麼，你知道嗎?它介於陸地與水域之間，沒有固定的界線。在海邊的溼地，我們通常叫「潮間帶」，在辭典裡這麼寫的：潮水漲落之地帶，通常指介於平均高潮面及平均低潮面間之地帶[1]。

不過我想，只要是人都會有看海的需求，至少我是這麼認為。

彷彿只要看到無垠的地平線，便能一解在都市住久了而悶埋在胸口的一股氣，就像籠罩在都市的熱島效應[2]需要來個午後雷陣雨解決一樣。總有一些地方讓人覺得自己是活著的，對我而言，海邊扮演了這樣的角色，一種救贖的角色。

與我有同感的人或許不在少數，也因此在海邊工作時，碰過許多令人匪夷所思的事。有次到海邊調查時，遇到一對情侶窩在木棧道角落哭，占了平常的位置，令我有點困擾。女生咿嗚斷續的哭聲隨著海風飄過來，實在不是什麼好配樂。幸好潮水上來，也中午了，兩個人若無其事地離開，唉。

在海邊總會碰上一些難以想像的事，但也不純然都不是好事。

有一次，陰天微風，卡車穿梭在我後方馬路，嘈雜聲中我卻能聽到灘地上生物發出的啵啵聲響。遠方海上的船跟我一樣在等潮水，他們等著進港，我等著鳥群出現。以我站的位置為起點，以河口為界，左邊的水面昇起濛濛濃霧，遠方的橋已無法辨識，右方的天空還維持著淡淡清亮，三十餘隻蒼鷺在灘地佇立，前方的天空呈現灰

❶ 測繪學辭典：通常指介於平均高潮面及平均低潮面間之地帶。可分為：一、大潮高潮線與小潮高潮線之間稱高潮帶；二、小潮高潮線與小潮低潮線之間稱中潮帶；三、小潮低潮線與大潮低潮線間之間稱低潮帶。常為貝、藻類繁殖之重要場所。

❷ 熱島效應是自1960年代開始，在世界各地大城市所發現的一個地區性氣候現象。具體來說，無論從早上到日落以後，城市的氣溫都比周邊地區高並容易產生霧氣。此現象的發現，是由於人造衛星的出現，使人類得以利用人造衛星從高空以紅外線拍攝地球。這種拍攝的最初目的，是作氣象觀測用途，用以分析雨雲的構成。可是，後來人類從紅外線影像中發現城市與周邊地區的溫度有著很明顯的差異，看起來城市就好像在周邊地區中間的一個浮島。（https://bre.is/LxhnuZpJ）

階的濃淡變化，沒有其他色彩摻雜其中。

這時還能叫霧，再一會就打回成霾了。上漲的海水與上游下來的泥水逐漸在河口水面畫出清楚的界線。

徹夜工作的漁船從海上返航，從清明航向灰濛，因為它要回家。珠頸斑鳩忙碌地左右來回，再多次我也只能算牠一隻。怪手從左往右開去，大哥說他們在清除這裡的垃圾與漂流木，再送到資源回收中心。只是他們這樣一來，今天勢必沒什麼鳥了。突然間一隻猛禽慢慢飛過，啊！灰澤鵟是嗎？這驚喜維持了五秒左右，約莫是舉起望遠鏡看到牠指叉和羽色的時間。

時間隨著潮水悄悄地上漲而消逝，小白鷺在潮溝間振翅嚇唬初來乍到的魚群，興奮的並不只有牠，還有一群白尾八哥跟著怪手的機臂舞動跳躍甚間，甚是吵鬧。不為所動的除了那群蒼鷺，還有灘地上的三名釣客。說來有趣，每次來這都有釣客，每次他們都要撐到潮水淹沒灘地的最後一刻。

潮水終於輕觸岸邊，蒼鷺與釣客終於按捺不住起身離開，釣客只消走回岸邊就好，蒼鷺跟其他的水鳥只能振翅往內陸飛去。這裡的高灘地是稀有財，所謂的保護區在漲潮後便淹沒在水裡，水鳥們得四處尋覓一個漲潮後的停棲點，當初保護區的設計規劃並沒有思考過牠們真正的需求。

循著牠們飛行路徑看去，天空的顏色從淡藍清亮逐漸變成厚重的白濛灰相間。海茄苳的樹叢淹沒在水裡，這個樣點的調查大概是宣告結束了，這裡回到只剩車聲的面貌。

這是我在海邊例行工作的日常，坐待水湧時，等待與觀察是我最擅長的事。

抐梧之歌

在剛開始工作的那年，碰上這生大概不會再碰到的事：台南的黑面琵鷺因為肉毒桿菌而大量死亡[3]。

我曾到日本沖繩參加一個國際溼地研討會，那是一個依拉姆薩公約[4]而成立的會議，每五年邀集各國鳥類及溼地研究者討論各個合作項目。當地朋友帶領我們一行人到一處潮間帶參訪，看到許多人在好幾架單筒望遠鏡前排隊。我問他們看什麼？朋友說，這裡來了黑面琵鷺，而且有三隻。我心裡想，才三隻就這麼大陣仗，台灣有的可不只三隻啊！

只是我們常常會忘卻自己擁有什麼，就像貪心的小孩端扒著食物，眼睛卻又一直盯著別人碗裡的東西。黑面琵鷺最早的紀錄是一八六三年時史溫侯在淡水河口發現，後來一九七四年陳炳煌等人在曾文溪口找到了二十一隻，當時人與海之間並沒有消波塊阻隔，不過距離比現在還要遙遠。後來陸陸續續發現牠們的蹤跡，在一九九二年的黑面琵鷺槍擊事件[5]發生後，人們才意識到台灣居然還有那麼多，然而全世界居然剩得那麼少。

還有一次，我們帶著美國來的研究人員到七股去進行水鳥繫放工作[6]。在台灣做水鳥繫放，是一種黑夜中的漫長等待，從傍晚直到深夜，我們獨享日落後灘地的黑暗與寬廣。就空間的衡度而言，從陸地的這端到地平線那端，都是我們的，空曠而深邃，偶有幾點燈火，也只是偶爾；從時間的量度而言，潮水上漲時，將會帶來夜晚的精采，只是精采雖可預期卻無法計量。

我喜歡嗅著水鳥厚重的體味，帶了點油脂，帶了點海味與土味。當端詳著手上的鳥兒，透過牠們的眼睛彷彿可以看到西伯利亞繁地的凍原與澳洲的紅色海灘顏色，你或許沒辦法想像出那些景色，但我想你永遠也沒法忘記被我帶到玄武岩無人島過夜的經驗，那時的我一廂情

[3] 2002年12月9日、12月21日及2003年1月3日，許多於台灣度冬的黑面琵鷺疑似吃下帶有肉毒桿菌病毒（C型）的腐魚等食物，造成呼吸困難甚至昏迷死亡的多達90隻。

[4] 拉姆薩公約又簡稱為濕地公約，全名為「特別針對水禽棲地之國際重要溼地公約」，英文為：Ramsar Convention。該公約由18個發起締約國在1971年2月2日於伊朗拉薩姆簽署，是國際重要的溼地保護公約。

[5] 1992年11月28日，一隻黑面琵鷺在「主棲地」遭受槍擊不治死亡，消息登上各大報頭版後，國人才開始認識並關心此一物種的生存危機。

[6] 台灣鳥類繫放開始於1964年，為了解鳥類個體形質、繁殖情況、族群變化以及遷徙路徑。

願地想要將我的最好分享給你，卻忘了島上的生活其實並不如想像中的輕鬆自在。

那次在等待水鳥上網的空檔間，我充當當地朋友與國外友人間的翻譯，當地的朋友聊起他們與水鳥間的故事，突然問國外友人想不想聽聽「抐桮」(lā-pue)[7]的歌，老外們非常感興趣，我只好硬著頭皮在他們唱畢一句後，將台語歌詞翻成英文。他們聽得津津有味，我翻得頭皮發麻。

我已經記不得歌詞內容，也記不得後來那晚的忙亂。只是再怎麼忙亂，也比不過處理肉毒桿菌中毒事件時的震驚。平常遙不可及的黑面琵鷺，變成一具具在工作站水泥地上擺放的屍體，我被分派量測每一隻個體形質的工作，觸摸著尚未死僵的屍體，我摸著牠們最具特色的黑色飯匙狀嘴喙。

「真的是軟的，難怪他們會是抐桮。」我心想，就這樣摸了七十幾隻。

事後才驚覺自己忘了做任何保護措施，那年初出茅廬，什麼都不懂也什麼都不怕，或者不知道要怕。

忠於棲地，但

導航對我而言是越來越重要的工具，重要到我已經忘記當初沒有導航時，是如何靠著南島北島兩本厚重的地圖遊盪台灣各處，正如我也想不起沒有手機的日子是怎過的一樣。

去沒去過的地方開著導航是理所當然的事，然而去熟悉的地方我同樣也會開導航，不是為了知道路怎麼走，有時只是想要一個說話的聲音而已。「如果可能請迴轉」，有時我的導航會跟我說這句話。為什麼不是「即使不可

⑦ 台灣全稱為「烏面抐桮」(oo-bīn-lā-pue)，黑面琵鷺台語名，取其捕食時將嘴喙伸進水底左右擺動的樣貌為名。

⑧ 引自〈拉姆薩公約〉，參見：http://wetland-tw.tcd.gov.tw/WetLandWeb/web-kid/trainingd_info.php?id=915。

能也請你迴轉」呢？有時導航提供的路線過於玄妙，不免讓人覺得是不是參與了工程師安排的全民公測。

知道了起點與終點，中間的過程重不重要？坦白說，有時還滿重要的。特別是在起始和終結的界線不那麼明確時，好比溼地這樣的空間：「不論天然或人為、永久或暫時、靜止或流水、淡水或鹹水，由沼澤、泥沼、泥煤地或水域所構成之地區，包括低潮時水深六公尺以內之海域。」[8]

然而它沒說的是，溼地是沒辦法回復的，仰賴溼地生存的生物也會因為棲地的改變而遷移甚至消失。

你知道嗎？候鳥們在遷徙時對於棲地是具有忠誠性的，牠們總會在那個時候停留在那個地點，從事鳥類研究的我們以繫放證明這些事。有一次，我在海邊撿到了一截帶著腳環的腿骨，腳環上有著編號，足以讓我查出腿骨的主人是誰。

那截腿骨的主人是一隻東方環頸鴴，讓我驚訝的是兩年前牠在同一個地點被繫放，而兩年後牠只留下了幾根羽毛以及仍然繫著腳環的一根腿骨。我撿到了牠曾經活過的證據。或許我跟牠打過照面，也或許還曾輕輕地握牠在手過。

我無法得知這些水鳥對於那些溼地的轉變與消失抱持著什麼想法與態度，牠們就這樣消失了，連再見也沒說。

我還記得幾年前有學生要畢業前，拿著手機要我說幾句祝福的話，一時間不知道要說什麼，只好把平常提醒自已的話對他們說了，「我希望你們在十年後不會變成現在的自己討厭的那個人。」坦白說，我的生活充滿片段與零亂，十年前的自己或許並不討厭現在的自己，但一定沒法想像現在的生活，每天總是在跟一堆待辦事項打架，而自己其實也是別人待辦事項裡等待劃掉的那個人。不過，至少我還記得方向在那，我還是努力地讓自己不變成被自己討厭的人，也努力地成為你想像中的人，方向是確定的，只是這過程充滿了掙扎便是。

我想，大概就是這樣了，這就是我現在的工作，我依舊在零散與片段之間尋找和諧的可能。

祝好。■

文 陳志豪

從事溼地與鳥類研究，足跡遍布西海岸，於墾丁國家公園解說員時開始以文字記錄所見所聞，自嘲為鳥故事杜撰者。曾獲大武山及玉山文學獎，作品散見環境資訊中心及網路社群，目前解過最大的人生成就是家中有了三胞胎。

引路人

傑柯・席翁波

Jecko Siompo

生於印尼巴布亞，曾隨家人遷居在 Jayapura、Wamena、Fak Fak 幾個沿海和內陸地區。一九九四年於雅加達藝術學院習舞，一九九九年後前往美國紐約、德國學習嘻哈、芭蕾、舞蹈劇場，但即便走跳各大都市，童年時居住叢林的經驗仍銘刻在身體之中，那些倚靠大樹、閃避枝椏、躲開昆蟲、擬訪動物……如街頭 battle 的身體記憶，皆被他融會貫通為城市身體的養分。二〇一九年受邀參與臺南藝術節，與台南當地學童合作演出《動物趴》，要將自然身體喚回當代古城。

身在車水馬龍、鋼筋水泥，我們很容易忽視城市中的「自然」——除了家中的可愛寵物貓狗，我們同時還跟野生老鼠、松鼠、鷺鷥、蜻蜓、飛蚊……這些數不清的物種們一起「生活」，人類是自然，而人類打造的「城市」在某種程度上，也是自然的一部分，但我們該如何在城市中看見／聽見自然，重新建立關係呢？

在熱帶叢林裡生活過，如今走跳各大都會的傑柯．席翁波憑著野生動物的敏銳嗅覺，跳脫城市／自然二元思考的陷阱，他不認為「走進城市」，就意味著與鄉野綠蔭分隔、與飛禽走獸分離，他的方法是向印尼傳統的動物神靈學習，並超連結當代的都市移動經驗，關注城市中跟我們一起生活的萬物，看見牠們，聆聽牠們，然後你會發現：「我們都是相同的」。

藝術×凝視・想像

走進城市的方法：聆、聽、動、物、的、聲、音、

你記得台南的聲音嗎？」

「沒什麼印象，但我感覺台南和鳥可能有些連結，上次去的時候我聽到了許多鳥叫，然後我們又去吃了雞……嗯……應該是哪一種鳥類呢……我還沒看到全貌，但我想我會找到它。」

在兩個亞洲人使勁用英語對答的幾些空隙之間，印尼舞蹈家傑柯・席翁波以傳神的口技模擬出二〇一九年春天短暫停留台南時所聽到的鳥叫聲。

動物之靈

對從小生長於巴布亞（Pupua）叢林部落，青少年遷往首都雅加達求學，爾後又往返於世界各處習舞、教舞的傑柯而言，生活在都會或叢林並無太大不同，「因為吵雜繁忙的聲音是一樣的。」「叢林裡，你聽到各種動物的聲音，像這樣：！&＊＃＊&；城市裡，你聽到車水馬龍的聲音，像這樣：＊！＃＊&$，這不也很像動物嗎？不同聲響，同樣多元。」

如此「不同即大同」的哲學，亦適用於傑柯的舞蹈。他在頻繁往復、移動的人生旅途上遇見了多種時空的身體文化——原鄉的，外來的，傳統的，現代的，街頭的，劇場的……他吸收、消化、反芻，將所學超連結成自己所謂打破「單一類型」和「制式風格」的「動物趴（Animal Pop）」。

「在印尼傳統文化裡，很多神靈是從動物而來的，於是我開始發展動物的動作，然後再把現代的舞蹈元素如嘻哈、現代舞蹈等結合在一起。」傑柯所定義的動物趴，是相異兩極元素的混合體——「動物（Animal）」泛指亞洲東方古老年代及其中的任何事物，可以是印尼的傳統舞蹈，也可以是傳統信仰中的神靈或精神性；而「趴（Pop，此處直接音譯，在英語中亦指流行、閃現之物）」則是印尼之外、亞洲之外，關於非原始的、現代的、新的，像嘻哈、街舞與現代舞。

然而，傑柯再三強調，動物趴的至高層次並不是直接複製動物的動作；模仿固然是給孩子們學習的起始點，但對專業的舞蹈人士，或多年在他身邊學習，進而一同巡迴教學的子弟兵們，更重要的是在習得基本技巧後，去體會與探索動物的精神性（靈性），最終發展出自己動作、風格。

「當基礎建立之後，你就可以成為各種動物，而不只是『這是獅子』、『那是猴子』這樣，比如人類，我們都是相同的，也許個性不同、皮膚顏色不同、走路的方式不同，但也是都相同的。人類和動物都是一樣的。」

移動，定格，變形，定格，然後回到萬有合一的原點。

如何成為人

「為什麼我要做動物趴？」傑柯自問自答：

「因為它在世界各地都能發生，比方說我到了首爾就是首爾動物趴，到了東京就是東京動物趴。又，我到了某個比較擅長芭蕾的地方，或是某個擅長功夫的地區，無論是芭蕾或是功夫，都可以透過動物來合體。你學習其他舞蹈時也許會有隔閡，但動物的舞蹈沒有！」

「這樣說你懂我的意思嗎？抱歉我的英文不夠好！」每當傑柯因嘗試該如何表達而停頓時，便會發出各種奇異的聲響幫助思考，這也正是他走訪各國帶領舞蹈工作坊時，能把孩子們逗得咯咯笑的法寶。他相信孩子們擁有高度的直覺，看到什麼就能學到什麼，即便言語不通，只需用簡單的肢體去引導，便可彼此理解。

「動物趴是給全人類的，從小孩到老人，甚至聾啞的孩子們，不只關乎舞蹈，更是一種教育，去傳述人的歷史，傳述我們如何成為人，讓人類成為一個整體。」當傑柯以堅定的口氣和眼神散播自己希冀消融人類社會所劃下的各種分類與界線之使命時，我不禁擔心著下一個提問會不會偏離這個合一世界，再次走回小我的分別心。

「常常在不同的國家之間飛來飛去，會累嗎？有沒有什麼不適應的地方？」

「我們分享知識，分享教育，來回移動是最好的方法，距離不是問題。將動物趴帶到不同的地方，不論是國外或是國內，我都為了敬奉天地、成就舞蹈而來。可能有人為了『專案』或『計劃』而來，就容易覺得無趣，但我就是因這一件事而來，那麼這件事就是最棒的事。」

末了，他望向分隔島樹上正在鳴叫的鳥，隨口啾啾地應了幾聲。「你懂不懂他們在說什麼？」他問。「我不行，你懂？」「有時候可以，《可蘭經》上有人類讀懂鳥語的記載，聽過嗎？」

也許再幾個月後，我們能在舞作中發現他所聽見的台南動物。

文 林宛縈

近十年涉足音樂演奏、室內設計、文字編輯、展覽企劃，二〇一九創設「捕息—Catch A Rest」工作室，將自身所學所感收納於日常生活中，持續探究分享人與自然共生共鳴的諸多可能，也許是在樂音中吸口氣、睡個覺、做點夢，又或是在勞動時捕獲乍現的靈光、推敲待啟的縫隙，進而連結並開展內外無限空間。

↓位於台南最西端，同時也是台灣本島的最西點——這個地點的確切位置一說是，依據維基百科的備註則在「」，但由於地處會隨潮汐、沙源變化的，台灣的最西點可說日夜不停變動中。位於濱海區的七股，自古為台南的漁鹽之地。鹽業方面，雖然營運三百多年、全台最大的七股鹽場已在二〇〇二年停曬，但巨大鹽山和台仍為七股的觀光地標。養殖漁業則依舊是地方重要的經濟來源，許多漁民仰賴的七股潟湖提供了養殖、觀光、防洪等重要功能，例如龍山社區，就以「、遊潟湖、上」為觀光主打行程。

七、股、

地方

[redacted]迹上

全世界[redacted]龍山[redacted]孩子

[redacted]

[redacted]不間[redacted]

[redacted]

[redacted]照顧著

[redacted]潟湖海景

在這個緊握手機就可以連上全世界的時代，
龍山的孩子一樣喜歡在課餘時間玩玩手遊，
如果要說有什麼不同，
也許是當雙眼離開手機螢幕之後，
還能望見一片照顧著世世代代的潟湖海景。

「如果有人第一次來龍山，我會先請她去坐船，記得會先經過一座橋，和海巡署揮揮手，就可以出海了。然後會經過一座沙洲，裡面有賣東西的攤販，沙洲上有五到十分鐘的自由時間，回到龍山可以烤蚵吃到飽。」

「我爸是這裡海產店廚師，他很會煮！最推薦炒飯、炒蛤仔、吳郭魚（海的和養的都有，爸爸說養的比較好吃）、蚵仔麵線、虱目魚。」

「如果你從地圖上看龍山，像一隻魚。有個地方，算是很外圍的了，在魚眼睛的那裡，有棵很大的樹，有時候太陽很大，樹蔭下很涼，偶爾我會自己去那邊，撿掉下來的樹枝，在地上畫畫。」

「這邊很奇特的地方是牆上的彩繪都是小朋友和大人的陪伴一起完成的。」

當七股龍山國小高年級的孩子們講起自己的居住地，真誠直白中撈出了幾些在地生活的線索——招潮蟹、白鷺鷥、黑面琵鷺……觀光膠筏在潟湖中穿梭，載遊客認識自然溼地與人為養殖相依共榮的生態；日光下的蚵棚、採蚵的蚵農、剝蚵的婦女，全台最高品質的蚵在海水與淡水的交會之處結實纍纍、鮮甜肥美；家戶庭前的日曬虱目魚和風乾烏魚子、社區內以蚵殼美化的多個角落、在地的信仰中心龍山宮、往昔被漁民用來看守魚塭的臨時居所「桶更寮」……鹹鹹的海風從渡船頭吹入孩子口中「奇特的地方」，不分老幼龍山人們一同留痕於牆上的海街日常。

聲、音、圈、

二〇一九年寒假，小漁村一隅的龍山國小活動中心傳出不尋常的聲音，一陣一陣，有時候是一群人拍手的節奏聲，有時候是孩子的叫喊聲，有時鼓聲、人聲和踏步聲糊在一起，還有像是笛子卻沒音沒調的吹奏聲……

原來，一個留著黑色長髮的外國男子隨著幾位台北來的音樂家，一起到龍山為全校三十個孩子進行長達九天的「寒期工作坊」，大夥的共同目標是創造一齣結合七股「在地意識」的音樂劇場，在二〇一九年底的臺南藝術節，登上臺南文化中心的大舞台[1]。對外國男子和台北音樂家來說，登上舞台並不稀奇，對三十位龍山國小的孩子來說，卻是從未有過的體驗。

為了觀察、記錄這樣的在地生活，出發前我使勁查找了從台北前往當地的各種可能路線。生為一個台北台南混血，「潟湖遊船賞黑面琵鷺」或「七股魚塭旁吃海鮮螃蟹」在年節回台南的記憶中並不陌生，不同之處在於：這次我沒有親人代勞，必須在既熟悉又陌生的移動中自己安排行程。我選擇搭往台南佳里的客運，在龍山唯一民宿的熱心接送下抵達目的地。三個半小時的客運，三十分鐘的聯繫與等待，外加二十分鐘的接應；我從未覺得七股如此遙遠。

從龍山唯一民宿橫越當地主要道路台一七六縣道，穿過一條兩旁木柵欄被蚵殼美化（但看得出碳酸鈣已隨時間脆化）的人行土路，我幸運抄到一條捷徑來到活動中心。

這是個五月底的周五下午，學校總務主任暨體育老師陳瑞麟出借了高年級的兩節體育課，讓我可以藉由團體活動與孩子們互動。因為知道孩子們這幾個月都在為年底的表演密集接受各類聲音與肢體的表演訓練，我決定也用「團體聲音圈」活絡初次見面的氣氛，透過一連串的遊戲認識彼此。

一開始我請十六個五、六年級的孩子圍成一個大圈，邀他們輪流以一個聲音搭配動作，其他人也必須模仿發出聲音和身段的人，一起複誦三次。孩子們比我想像的願意且擅長駕馭聲音。每每有人發聲，大家總笑成一團。接著，我還請大家用奇特的音調或語氣唱（唸）出

[1] **編按：**此指由烏茲別克藝術家阿雍．金（留著黑色長髮的男子）與台灣作曲家趙菁文領銜的國家兩廳院新點子樂展音樂策劃團隊，協同七股龍山國小師生與臺南市民族管絃樂團獨奏家所創作的 2019 臺南藝術節閉幕演出《聽海日記》。創作階段阿雍數度來台，與 30 位濱海孩童共同發想文本、11 位優秀台灣音樂家一起構築每一個聲音元素，並使用在地素材如寶特瓶、浮球為樂器，蚵棚為移動舞台，試圖創作完全「在地」的音樂劇場。

自己的名字、抽出情境圖卡用「我」或「我是」造句、編一個故事……

我想在這樣的鋪陳中，引導孩子們進入下一階段分享，告訴我當一個與國際藝術家共製的音樂劇場進入校園之後，會為他們的生活帶來哪些不同。

「我們這個活動最近在練習音樂和節奏感，我們練了二三三四、拍手和暖身讓大家注意力集中。」

「練習拍手的時候都要很專注的看著中心的人，一晃神就會抓不到節拍了。」

「練習了反應力和專注能力。」

「不專心就會……就會……失敗。」

「學到用日常生活中的器具去做樂器。」

「學到許多不一樣的肢體動作，和好玩的小遊戲。」

「學到抓緊節奏。」

「需要非常專注數自己的節拍，只要一不專心就會全部重來。」

「雖然過程很累，但努力的過程最後一定會有收穫。」

「我之前表演會發抖，現在不但不會發抖，反而可以更大聲，而且每次來上會非常興奮。」

「這個活動中要先克服恐懼，要專注，要聽好老師的節拍，要練得好才能踏上舞台。」

在孩子的分享中，專注、注意力等詞重複出現，內容不脫那幾個他們工作坊反覆進行的練習，而我也漸漸對這把八十分鐘均分給十六個小腦袋的採訪方法感到迷惘，總覺得想像中欲看見、聽見的尚未浮現。

然而團體時光過得飛快，下課鐘聲響起，瑞麟主任對著全體師生為這天的特別活動做了結語：「你們今天的表現讓我非常開心，非常非常好，我覺得你們從以前害羞的樣子慢慢進入狀態，也慢慢展現出『表演』的樣子了，面對任何的陌生人，不要害羞，清楚表達自己的意思給他知道就好。」

觀、海、樓、

龍山老師們彷彿知道一場一打十六的身心勞動之後，亟需投放高單位蛋白質為身心充能，音樂老師許妙倩與我相約在家族經營的小吃店，用在地人的好客端出蚵仔麵線、蚵嗲、蚵仔湯等各式海口鮮味。

生活在小漁村的妙倩，除了是校內兼任音樂老師，還是兩位在校生的媽，以及生於斯長於斯的資深校友。她從小學加入龍山國小木笛隊後，一步步走上音樂教學之路，至今回到母校服務已經超過十年。

關於妙倩，我還從瑞麟主任口中得知她們一家都是「龍山奇人」：上一輩經營的雜貨店和養蚵事業，時不時為校內孩子提供所需的資源；哥哥正研究如何以更永續、科學的方法改良優化世代傳下來的牡蠣養殖業，以減少溫室效應的衝擊；先生是高雄人，曾在茱莉亞音樂學院主修音樂、哥倫比亞大學主修生物，博士肄業回台進修管理課程後，便在外商公司任管理職，因工作常需至各地出差，七股是他頻繁飛行中與妻兒相聚的港口，也是他與外地連繫工作時的臨時基地。

回到那個擺滿鮮蚵料理的餐桌前，我與妙倩聊到她從小到大生長在此，會如何形容龍山印象，她以問代答的回覆讓我驚奇：「妳有去過觀海樓嗎？」

「如果妳看到整片夕陽倒影在七股潟湖上，就會覺得，人生就這樣，沒有什麼好爭的。」此話一出，我那整天處於工作模式的腦袋瞬間跟隨晚霞休息了好幾拍。妙倩接著提議，若我還有體力，她可以開車帶我一起出去繞繞。

「現在這條是台六十一濱海快速道路，上了高架就可以一覽七股的潟湖和魚塭。」從南向北，再從北往南，妙倩在台六十一的兩個匝道之間往返，只為了讓我多看這片連綿無際的漁田幾眼，再不久，我倆和她的小兒子便已站在觀海樓前面。微閃亮光的海面被蚵棚分割成迷幻的幾何圖形，我們望向七股潟湖上被雲層籠罩的日落殘影，她略帶抱歉地說今天這樣的夕陽只是還好而已。即便如此，因夕陽而啟程的對話持續流洩。

「我小兒子去年九月才入校上小一，寒假就跟著大哥大姊一起團練了。因為年紀比較小，明顯可以看出他的壓力也很大，回家的時候會說好累好累我明天不想去了，所以我也要一直鼓勵他、引導他，強化他們心理的狀態。家長端如果不了解這塊，又不能給予太多支持，孩子就更容易會缺席了。」

「但這邊的家長大部分從事漁業，有時甚至有一方在外地工作，生活中並沒有太多機會或時間在管小孩在幹嘛，對於校內在進行的活動不是很了解也不是很重視，因此學校的老師們必須要很努力地聯繫、傳達這些練習的過程給家長知道。同時也要給孩子們很多支持，不論是消除疲勞或心理建設，來加強孩子們的心智。」

妙倩老師的學習背景大概是整個龍山社區最能體會和貼近「音樂劇場」的一人，但其實，過去的音樂訓練就像雙面刃，成為她內在深處的不安與包袱。

「工作坊期間我一直處於壓力狀態，畢竟有很多大咖的專業音樂家都在這裡面，而我自己又不是正統的音樂科班出身，相較起來更需要很專心地去學習這些課程，幫助孩子解決可能的困難。」

到此，我終於理解，原來從孩子們口中感受到的那種「未完成」的氛圍，變形成一股在表演結束前都無法卸除的心理負擔，長時間考驗著龍山大人們的自信心。以往在學校裡，「老師」或「大人」「理應」知道更多，但偏偏這一次不，無論年齡輩分，人人都是新手，都得從零開始一起學習、成長，鼓起勇氣直視眼前「不知道會是什麼的東西」。她說十年來與音樂藝術相關的活動就這次最特別，也極度幸運可以參與其中。

「或許這樣的機會一直都有，都是存在的，但要看校方或主管老師願不願意去承擔這個專案，才有辦法接手整個團隊。」

偏、鄉、是？

決定代表校方接下這個大型製作專案的核心人物，正是稍早對著孩子們信心喊話的陳瑞麟主任。他從實習開始就鎖定各地偏鄉，當過五六年的流浪教師，三年前考來了龍山國小。他說自己不喜歡做重複的事，教學至今曾接過不少案子，帶過戲劇參與全國巡演，也帶過「從金門到台灣徒步環島再去綠島泡溫泉」的畢旅，但面對這樣國際級巨型的音樂劇場計劃，還是頭一遭。

「這樣的經驗不管對孩子或大人，都是第一次。就像妙倩老師說的，她學了音樂三十多年，從來沒接觸過這麼複雜的音樂訓練和這麼大的挑戰，但是我們從來沒有懷疑過自己孩子行不行。」

「一開始孩子們的臉上是徬徨、無助、害怕，嚇得和鬼一樣，不知道該怎麼辦，眼神死，練到臉都歪掉了！」

「妳現在課堂中遇到的他們已經不是過去的他們，那些害怕和遲疑慢慢減少，也更願意嘗試、嘗鮮。不只是技能的成長，連態度都在改變，高年級會照顧低年級的生活，比如團練中午時的便當可以收得好好的。責任感、穩定度都越來越好。」

十三年來，瑞麟主任未曾在都會區任教，因為他始終覺得身在偏鄉可以為孩子做得更多。

「我覺得都市的小孩就像緊繃的橡皮筋，但這裡的孩子很鬆，彈性也很大。他們因為生活中的某些事就可以用力地玩，比如在小學前面的大路逆向飆（腳踏）車、或是單純的吃吃喝喝，就會很開心很滿足了。」

究竟所謂的「偏鄉」是什麼？誰說的算？我繼續從在龍山工作、生活的人們中尋找答案。

「都市的孩子因為有太多的資源，能給的最多只是陪伴他們吸收。但偏鄉的孩子連資源都沒有，有時根本不知道世界長什麼樣。偏鄉的孩子我可以給更多。」瑞麟主任說。

「以前小時候也不知道什麼是偏鄉，國小國中沒到過太繁華的地方，懵懵懂懂，後來去讀書，長大行為能力比較好也都到處玩。妳說龍山會不會是偏鄉，我覺得是耶！所謂偏鄉，我會覺得是文化沒有那麼濃厚，生活比較單純，大家的思維很單純，好比我在村子有接觸的，大概就是我住的這一小塊，左鄰右舍關係都很不錯。」也在龍山出生長大的二年級級任老師王秀玲說。

問「妳覺得什麼是偏鄉小學？」

答「比較沒有人看見我們的努力。」

問「偏鄉和不偏鄉的差別最大在哪？」

答「偏鄉比較不發達，學校很多，但人很少。」

問「什麼是發達？」

答「方便，因為城市想要拚經濟，學校比較少，擠了比較多人。」

問「龍山有在拚經濟嗎？」

答「沒有，我們想讓人看見我們的努力，先努力比較重要。」

代表龍山國小擔任這次劇場團練隊長的吳宇庭說。

在這個緊握手機就可以連上全世界的時代，龍山的孩子一樣喜歡在課餘時間玩玩手遊，看看「抖音」，追追韓星，拍拍自己的影片上傳 YouTube。如果要說有什麼不同，也許是當雙眼離開手機螢幕之後，還能望見一片照顧著世世代代的潟湖海景。又也許，這是一群無所期待卻特別幸運的孩子，在某個因緣具足的機會下，可以花上整整一年的時間為他們口中那幾乎快被世界遺忘的「專注力」而努力著。

他們說的「偏鄉」在我看來，是交通易達性低了點，生活接近大自然一些。我不確定自己是否在這些對話片刻中更接近龍山的日常，但我很感謝這些在海天交界處生活的大人小孩們不斷提醒著我——把握現下機會，校準日出日落，一切沒有什麼好爭的。■

文
林宛縈

近十年涉足音樂演奏、室內設計、文字編輯、展覽企劃，二〇一九創設「捕息—Catch A Rest」工作室，將自身所學所感收納於日常生活中，持續探究分享人與自然共生共鳴的諸多可能，也許是在樂音中吸口氣、睡個覺、做點夢，又或是在勞動時捕獲乍現的靈光、推敲待啟的縫隙，進而連結並開展內外無限空間。

引路人

阿雍・金

Artyom Kim

曾於烏茲別克首都塔什干國家音樂學院修習作曲。自一九九六年起，於塔什干 Ilhkom 劇院和劇場導演 Mark Weil 工作，二〇〇四年創立的 Omnibus 室內樂團，是中亞第一且唯一推廣當代音樂的樂團。他以集體共響創作（Collective Resonance Composing）為方法，二〇一八年與台灣作曲家趙菁文和一群青少年合作《聲音的孩子》，二〇一九年再度與趙菁文合作參與臺南藝術節閉幕演出《聽海日記》。

人與人之間，城與城之間，國與國之間，海洋與海洋之間——「之間」存在於實際的物理空間與心理的虛擬空間，分化和隔離的空間塑造了城市居民的生活，區分了你／我、局內人／局外人、他者／自己人……但這二元論不存在於阿雍・金的創作宇宙裡。

他不回答關於城市的問題，不回答關於地方的問題，對他來說，一切都要回到「人」的問題，回到每個人、每個孩子、每束內在的火苗所通往的宇宙。但前往宇宙不為征服，而是要看見每個人，看見未知的存在，並了解此處仍有他所未知的存在。他的方法最簡單也最困難——和孩子一起探索，一起看怪事，一起敞開玩耍，用身體明白，「當我們成為大人，我們忘記太多事情。台南不特別，所有孩子都是奇蹟」。

藝術╳凝視·想像

飛進宇宙的方法：

跟孩子一起探勘未知、、、、

「你的問題好像是對你自己的提問，這很好，終究，你其實也知道答案。集體共響創作就是這樣，不是你在問我問題，而是你在詢問宇宙，我，只是一個管道替宇宙給你答案，最後你也變成自己的通道，因為我們是共時的。」

和阿雍．金對談難在他像一座空曠山谷，當你對他投予聲響卻只能聽見自己。他清楚知道每個人在心中預演了一條相對簡單的路，只要框限好範圍，順著過往經驗、習癖或行事作風，就可以達到彼此對話的「目的」。只是，他偏不讓你這麼做，而是退隱到一個難以名狀的高處，用似答非答、似問非問的開放句，讓你去思索自己的生命、生活，和現下所需突破的難題。

點燃內在火苗

阿雍對用以描述或定義藝術的語言感到厭倦，「當我們身處在科技如此高度發展的世界，新的技術、新的內容、新的結構，對我已經不再有意義，也無法帶來任何的驚喜。」因為不願流於重複，他開始在自己帶領的劇團和樂團中嘗試「集體共響創作」，享受於人與人之間真誠敞開時瞬間迸發的化學作用。

「這不是『我』的方法，也不是『我發明』的方法，我只是跟隨宇宙自然法則，邀請人們和我一起跟著此法，如果他們願意。」

在宇宙運作中，所有人類生而完美，每一個人都有內在的驅動和意願去享受天賦的創造力。然後我們長大成人，將身心暴露於崇拜科技和技術的社會環境，用盡力氣鑽研分門別類的知識和工作，為了漂亮的頭銜與物質終日奮鬥，面對討厭的人事物仍投以微笑展示（偽）友善，「但，那不是你，那只是你越養越厚的鱷魚皮。你的內在肯定還有些什麼，外在也總有些什麼能觸動你的靈魂，讓你重新燃起火花。」

從探尋你我「內在火苗」為始，在與同伴一來一往的共鳴中激發創造力，當眾人同時接通宇宙訊號，聲響、動作透過人體自然展現，隨著頻寬擴大進入忘我，便是「集體共響創作」的至高境界。更具體地說，在這樣的創作中，可以廣納文本、舞蹈、音樂、戲劇、影像，但沒有主從關係，沒有照本宣科的劇碼，沒有事先定調的譜曲，所有參與製作的人都是創作者，在一次又一次的排演中，架構出最接近（但非等同於）登台時的作品，而這個有機的創作在上台前一刻或登台的那一刻，皆可能因為某些靈感的降臨而霎時重組、變形。

當群體中的每一個成員面對未知的最終章，是否有能力在每一個當下察覺自己，同時感應他人和集體的動力並與之共鳴？是否能夠信任自己在無法「主導」或「控制」全局的情境下保持放鬆與坦然，讓能量與訊息恣意流動？

七股孩子不特別

為了讓團員們隨時進入直覺創作的狀態，阿雍有他的一套訓練步驟，從身體、情緒、意識而至精神。

二〇一九年寒假，阿雍從莫斯科飛抵台灣，帶著台南七股龍山國小的三十位孩子們進行了為期九天的工作坊。他一步步從肢體伸展、呼吸、節奏練習、靜心、交互感應、說笑話、寫故事等團體活動引導孩子們開展身心，接著在最後三天邀請臺南民族弦樂團幾位成員一同加入，讓孩子帶領音樂家熟悉前幾天才剛學會的遊戲，再讓音樂家在即興音樂創作中與孩子們一起編舞，在遊戲中創作。

問起他對「台南」的殊異感受，又一次，一個豆大的提問被投向山谷，回聲從遠方傳來。

「這和台南，台北，或什麼地方都無關……重點是『孩子』！當孩子們夠開放、夠敞開，那麼在這個星球上，他們都是相同的。」在阿雍的視界，你我並無不同，我們都是小孩，而若能找到一個讓孩子們敞開深入理解的方法，那麼所有孩子都是一樣的，「如果你非常真誠，非常投入，與孩子們對話總是如此重要。台灣孩子一點也不特別，七股的孩子也是，那是宇宙共通的，那無關我們是怎麼教導這些孩子上台、表演，整個計劃是關於如何從孩子身上學習，因為當我們成為大人，我們忘記太多事情。台南不特別，所有孩子都是奇蹟。但更重要的是，『如果你探得夠深。』」

過程中他可以想到的唯一困難，是與當地孩子相處、共振的時間總是不夠多。雖然未知的未來即在眼前，阿雍沒有絲毫擔心，他引用了自己熱愛的電影《駭客任務》中最後一段話——

「我不知道未來會如何，也不是來告訴你這一切會如何結束。」

「我來此，是要告訴你這一切如何開始。」

「我要讓人們看到一個世界……沒有控制、沒有規則、沒有疆界、沒有極限。」

「一個世界，所有的事情都有可能，一切都由你決定。」

無論創作計劃在何時何地發生，「相信」是支撐他的唯一精神，「我有我的相信，我有我的希望，宇宙是讓這些成為可能的地方，我們在物質世界中犧牲自己的血肉，延展我們的肌肉，盡力克服困難，奮力一戰。」■

文 林宛縈

近十年涉足音樂演奏、室內設計、文字編輯、展覽企劃，二〇一九創設「捕息—Catch A Rest」工作室，將自身所學所感收納於日常生活中，持續探究分享人與自然共生共鳴的諸多可能，也許是在樂音中吸口氣、睡個覺、做點夢，又或是在勞動時捕獲乍現的靈光、推敲待啟的縫隙，進而連結並開展內外無限空間。

↓發源於阿里山鄉，流經嘉義、台南、高雄的曾文溪，是[illegible]自古因經常改變河道，影響下游流域居民生計而被稱為「青暝蛇」，也造成台江內海淤積成為陸地，改變了台南區域的疆界與地貌。一九三〇年代起，日人以[illegible]治理河道後，曾文溪才逐漸構成今日樣貌。[illegible]經過的台南大內區，是嘉南平原通往玉井盆地的重要隘口，也是不同族群的匯流之處，如今則以[illegible]人的頭社部落為代表。部落目前設立頭社平埔[illegible]，除了展示西拉雅文化的祭儀、節慶、生活器具與文物外，也有[illegible]族人陳金鋒的相關展示內容。

曾、文、溪、

[redacted]、楠西、[redacted]」

曾文溪╳記憶

地方

下[redacted]：[redacted]

玉井[redacted]

[redacted]：[redacted]

西拉雅族[redacted]神話

下車後，
他從曾文水庫附近的大埔、楠西、
玉井順流而下唸了一連串地名，
最後寓言式地指向落日處說：
「日落西山處是七股，
也是西拉雅族群渡海神話的登陸地。」

世上若有魔法，必存於水中。

——洛倫・艾斯利〈河之流〉[1]

取水、賽跑、祈雨

二〇一四年十一月，社子社[2]尪姨[3]邀請我一同參與頭社[4]公廨[5]取水的儀式，在這之前我對這個儀式一無所悉，據村人說明是要去曾文溪畔取「向魂」[6]。尪姨解釋取水的由來：除了紀念沿溪遷居的祖先之外，因早年曾文溪如條青瞑蛇，偶有河道氾濫位移導致村莊沖毀、族人失散，甚至祭拜的神靈也被洪水河泥覆蓋溪中；另近代亦有「落教」者（改信基督教），將其祀壺丟棄至曾文溪中，導致神靈流離出遊四方，因此村人藉由取水儀式，將因天災人禍而失落的神靈迎請回頭社公廨暫為棲居，一同隨公廨內的神靈護佑部落，有些則待未來相關人士迎接回原村落。

訪談過程中得知在日人時代，頭社舉行夜祭期間有「走向」（跑步比賽）儀式：人類學家淺井惠倫於一九三八年記載頭社「鬥走」（競走／賽跑）寫到，祭典當天村莊的年輕人會聚集於公廨門口，跑到曾文溪畔撿一塊石頭再返回公廨，獲勝的人可獲得豬頭、豬肉等。但頭社位於大內段丘群[7]，有四十、五十五公尺等兩段丘[8]，從頭社（溪北）下曾文溪的坡度太大，偶有意外發生，因而村人將此儀式廢止。頭社公廨後來改成每隔數年（大約是三年以上，由神靈決定時間）才會前去曾文溪「取水」。

賽跑及祈雨這樣的傳統不僅見於日人時代，再往前推至一六五〇年代，任職於東印度公司的蘇格蘭人大衛・萊特（David Wright）亦曾記載西拉雅族群七個重大節慶，其中第四個節慶稱作 Lingout，開始於收穫季，在靠近河口處的海邊舉行，祭典中祈求老天賞賜雨水，同時保佑五穀雜糧免受這個月分常發生的大風大雨所摧殘，年輕男子身上纏著綠色的樹枝、戴著花冠、手上配戴著「薩鼓宜」（鐵製的響環）賽跑，邊跑邊發出叮叮叮的聲音，最先抵達河邊的人是勝利者，可以在人群中挑選最美麗的姑娘一起過夜[9]。

❶ Loren Eiseley〈The Flow of the River〉。

❷ 臺南市官田區社子里。

❸ 「尪姨」為西拉雅祭典時，主要神職人員的稱謂。甘治士（Georgius Candidius，1597–1647）在〈新港社記〉中以「Inibs」一詞稱之，「尪姨」一詞最早見於《安平縣雜記》，有些研究者因其性別改稱呼為「乩子」或是「童乩」，因研究的田野地點，神靈、村民仍慣稱文中的受訪者為「尪姨」，本文選用「尪姨」一詞。頭社目前為女性的代理尪姨。

❹ 臺南市大內區頭社里。

❺ 「公廨」（konkai）在荷蘭文獻中「公廨」的意思可分為三種：議事公所、青年會所、宗教場所，現今主要意指宗教場所。頭社公廨改建時，為了向內政部申請登記，太祖透過乩身選名為「太上龍頭忠義廟」以符合當代的寺廟規範登記，但村民至今仍習慣稱之為頭社公廨。

❻ 向魂，「向」為西拉雅語的音譯字，多半加於信仰儀式中名詞稱謂前頭，例如祀壺中的水稱為「向水」、豬稱為「向豬」等，此處「向魂」指匯集與此的人、動物的靈或無人祭拜的神靈。

❼ **編按**：段丘為河階台地。大內段丘群為台南境內丘陵地的特殊地形，為全台溪谷中面積數量極大者。

❽ 黃博文：《南瀛探索／第二章／第四節》。維基文庫（2019.07.28 查詢）。

❾ David Wright（1650's），葉春榮譯：〈福爾摩沙筆記〉，《初探福爾摩沙：荷蘭筆記》。臺南市文化局，2011，頁163。

看了幾個不同時期的史料都提及賽跑、取水與祈雨，何以這幾個活動往往辦在一起？或許其內涵皆涉及如何在這塊土地上生存。靠打獵方能生活的年代，跑步的速度決定了獵物多寡以及迴避危險的能力；而農耕後，水源成為一個決定性因素。或許收穫祭的賽跑跟取水，在在反應了人如何在自然環境中生存的條件。夜祭[10]牽曲[11]中的〈七年飢荒祭歌〉複頌這樣的生存條件，亦再現了對雨水的渴望以及祈請，希望神靈可以護佑族人在植物生長季節雨水豐富。因此祭典在陳述過往的記憶之外，有更多是敘述人如何在自然中生存的可能。

再、記、憶

頭社公廨每隔數年便會前往曾文溪畔「取水」，取水前幾周需先至曾文溪畔「插水牌」以及搭建臨時公廨。插水牌是為了通知水中、岸上的神靈、向魂，短期內會有取水儀式，若有意要跟著回去頭社公廨者，請先來臨時公解報到登記。

二〇一四年插水牌儀式當日清晨五點半，頭社公廨仍然漆黑一片，尪姨拿著紅、白令旗從公廨內走到廣場，三壇[12]陳進和（下稱和伯）接過紅、白令旗以指凌空勒令書寫。令旗上寫有五位「太上老君」[13]，由右至左分別為社仔社、篤加、蕭壠、灣裡及新港太上老君，五位神明為同胞姐妹。

欲理解令旗上的象徵必須從頭社聚落的地理空間著手。頭社聚落位於曾文溪中游，據學者潘英海研究[14]，其恰好是西拉雅四大社群遷移時的必經路徑，亦是台南平原進入玉井盆地的交通隘口。令旗上對應著四大社（蕭壠、麻豆、灣裡、新港），村落所祭拜的神靈，例如「蕭壠太上老君」[15]從當地的觀點來看是「一位神」，但「蕭

[10] 頭社夜祭是蕭壠太祖的聖誕日，祭典活動從農曆 10 月 14 日至農曆 10 月 15 日。

[11] 西拉雅族祭典當日族人所吟唱的祭歌，目前無人知道詳細的歌詞意義，據老人家說內容講述祖先渡海來台後遇到七年飢荒，祈雨的過程。

[12] 頭社對桌頭稱呼為三壇，為尪姨或乩童的助手。

[13] 西拉雅部落對神靈的稱謂，亦有老君、太祖、阿立祖、阿立母等不同稱呼，依各部落的習慣而定。

[14] Pan, Inghai. (1989). A Study on the pragmatics of human understanding. Ph.D. dissertation. University of Oregon.

壠」一詞象徵著過往蕭壠社集體，可視為一複數型指稱（蕭壠社的族人），因此這面令旗再現了頭社村落歷史脈絡以及過往族群的互動關係。

待公廨神職人員完成儀式之後，穿越頭社村落與快速道路，往曾文溪轉彎處的三崁深丘堀前進。在車上聽聞曲師提及她國小時（約一九七〇年代），有軍用練習機墜入今天取水附近的鬼仔潭潭底，之後她也跟工作人員談起幾位於此流域往生的溺水者，不禁想起尪姨提及這附近比較陰森，村民平時也鮮少來此處。隨後我們從堤防旁駛入公廨委員會開闢的土石路，並往沙洲地前進。抵達時和伯先於沙洲立上紅、白令旗，並請隨行人員開始準備大石頭固定旗桿。

紅、白令旗立好後即成臨時公廨，隨後以檳榔、米酒、豬肉、雞肉等貢品祭拜，待眾人全數祭拜後，和伯拿起刺竹製的水牌往曾文溪中央走去，兩位公廨人員陪同前往。走到水位於腰部以上胸部以下時，和伯便選定位置將水牌用力插下，大家再一顆石頭接著一顆石頭傳至水流湍急的溪中央，依序疊放固定水牌。

兩周後，村民重返該地，這次參與的人、神增多：除了上次公廨委員會的人員外，新增了身著白裙白衣、頭戴花冠的牽曲隊成員，以及身著黃衣、後背竹筒的取水人員。神的部分則有頭社公廨太上老君五姐妹的祀壺，以及社子社的老君祀壺，安放於河畔的臨時公廨。眾人於臨時公廨祭拜後，牽曲隊成員便開始在河畔唱牽曲，傾訴祖先遷徙來台後遇到七年旱災的故事。曲罷，頭社尪姨便直入曾文溪中將上次插入的水牌拔出，同時間和伯搖晃著黃色令旗吆喝著，似乎在召喚看不見的神、靈一同上岸，而背著竹筒的工作人員在尪姨引導下一一將溪水裝滿帶回公廨。

待全員步行回到大公廨牌樓前，工作人員依序將準備

⑮「簫壠太上老君」：地名「蕭」壠習慣上多半使用草字頭的「蕭」，但頭社在指稱「簫壠太上老君」時公廨人員有特別強調是使用竹字頭的「簫」，因此本文中指稱「簫壠太祖」以部落用字「簫」。

好的香蕉葉、黑布、白布鋪於地上。香蕉葉象徵祖先渡海所搭乘的船、黑布象徵渡過令人恐懼、深不見底的海洋，而白布象徵抵達一個新的世界——台灣。當眾人都踏上白地毯的瞬間，尪姨會開始撒「哈拉粟（tshik）」（稻米、綠豆、犁頭鉎、鐵釘、硬幣），象徵來到新的世界需要植物米糧方能生活。其中犁頭鉎、鐵釘是象徵植物跟人的繁衍生湠（senn-thuànn，台語，生育繁衍之意）。背著竹管的工作人員此時將水盡數倒入廣場前的水缸，意味著種植完米糧之後需要水源灌溉，隨後牽曲三次，溪畔帶回的向魂便收入令旗準備帶回公廨。

深丘堀

前述插水牌、取水的資料一直以數位化的方式存於我的硬碟，五年後為撰此文重新整理當時拍攝的資料，以及到社子、頭社找當年參與的人員訪談。社子尪姨參與過兩次取水、頭社的和伯說他自己有印象的是四次，分別在深丘堀、鬼仔潭、白坪堀、福康堀這幾處水域附近。和伯提及這幾年河川整治後，二〇一四年我們去取水的「深丘堀」的「堀」已被填平，再也看不見因曲流侵蝕所形成的「堀」以及漩渦。

將上述地點套疊地圖後發現，頭社這幾次取水地點都在曾文溪中游曲流轉彎處，為此我特別央請和伯伴我尋訪。首抵達大匏崙，曾文溪於此的轉彎形成台地，順著當地村民指示走到早年的竹筏渡船頭。大匏崙的居民都會於此搭竹筏擺渡通往大內、頭社，但渡船頭附近已被雜木林掩蓋。順著和伯的手指望向雜木林的後方可見白墡土（peh-siān-thôo，白堊土）露出，那是牛港山，附近即是福康堀水域（取水地點之一）。

再回到二〇一四年取水的深丘堀水域附近，是日在下著微雨的堤防上跟和伯有著長長的對話，語罷，我請他為曾文溪標記出福康堀、白坪堀、好兄弟潭、深丘堀的位置。為什麼想要記下這些地名？大概是為了記下族人曾經將記憶銘刻於曾文溪之處。

為什麼取水都選擇在有「堀」的水域？和伯說族人來此取回的是「山靈地水」，從精神層面來講，因地形所形成的水的交流、漩渦有更多力量；從生物層面來看

「而由於蜿蜒河道係由深水域（深潭）及淺水域（淺瀨）等不同水域組成，因此生物棲息地密度通常最高」⑯，「堀」的地形特殊性，構成生物多樣性的條件，這樣的地理地形更是記憶文化的匯集之處。即記憶的多樣性、文化的多樣性、族群的多樣性，存在於曲流、河階、以及每個蜿蜒匯集處。

再登陸

或許族人經年前往溪畔、延續取水儀式，取回的不僅是和伯所說的「山靈地水」，更是取回族群的記憶碎片。藉由一次又一次的儀式，將碎片鑲嵌回當代人的記憶之中，有趣的是族群不是寫於紙上、寫於文中，而是寫入溪裡、寫入因環境變遷、因河水氾濫、因河川改道所造成的悲歡風景。河畔取水事實上是將族群的故事寫入更大的地景之中，但寫入水中的記憶註定消亡。當代的水利工程截彎取直、挖土填坑抹除的是地景、河川及族群遷移的故事。

那日探勘之旅來到曾文溪畔的堤防，過大內橋往日落的方向前行，和伯望著日頭說：「夕陽似乎在等待我們停車。」下車後他從曾文水庫附近的大埔、楠西、玉井順流而下唸了一連串地名，最後寓言式地指向落日處說：「日落西山處是七股，也是西拉雅族群渡海神話的登陸地。」似乎尚未正名的族群故事正是從日落、逆流處出發。■

⑯ **王筱雯著**：〈曾文溪的河流演育〉，《曾文溪流域綜論》。國立成功大學出版中心，2016，頁233。

文 陳冠彰

現為臺南藝術大學博士生。關注地方記憶的敘事與詮釋，現與祖靈、尪姨、工藝師、語言學家合作，對西拉雅延山聚落開啟文化考究，進行散佚音聲以及烏有史採集，以書寫、檔案、影像、裝置呈現對文化考掘的思考及實踐。

瓦旦・督喜

Watan Tusi

引路人

TAI身體劇場創辦人，太魯閣族編舞家。從太魯閣族語tai（看）與長期發展出的六十六種「腳譜」為基礎發展舞蹈，藉由學習傳統樂舞認識自己的身體，傳承傳統，也企圖發展出當代原住民的身體語言。早期作品多半處理自己或團員的部落，二〇一七年與法國音樂家羅蘭・奧澤（Roland Auzet）合作《尋，山裡的祖居所》，開啟了更遙遠的異地與異文化交流。二〇一九年受臺南藝術節之邀，到西拉雅族部落創作《道隱》。

懂得說故事的藝術家有個本領，他們知道要掌握一個龐大的主題，得先作為局外人去觀察該主題的微小面向，才能嘗試揭露全貌，他們進入城市，或者說，進入「他者的地方」的方法也是一樣。

「只要清楚自己的根源是什麼，就好了。」編舞家瓦旦・督喜的心很篤定，近年遠離自己部落往未知跑，遊走都會與部落，但他知道自己是誰、從哪裡來、要往哪裡去，他抓著自己靈魂的「水」與「光」，誠實地將自己看作相異群體的「雜訊」與「干擾」，不賣老，不裝懂，他以敏銳的個人感知進入不同族群的部落，要穿刺、呈現當代的混雜，「我想，既然是雜訊與干擾，那我就把它開到最大吧！」

走進城市部落的方法：

記得自己是誰，把「雜訊」開到最大！

「這幾年到處跑，不斷移動、交流……坦白說，是雜訊與干擾。」烈陽下，瓦旦戴著水銀反射鏡面太陽眼鏡，一身黑衣黑褲，現身大稻埕慈聖宮小吃攤前，當晚他將在納豆劇場進行《赤土》首演，而兩周前他在印尼，為艾可．蘇布利陽托（Eko Supriyanto）的舞者們編舞，「五天要編十八分鐘，簡直神經病，壓力好大！然後艾可就站在排練場邊盯著看……」口中喃喃碎唸著「好焦慮好焦慮」，接著又要前往台南六重溪部落顛籔「走河」、「找水」，田調採集部族的遷徙傳說、民俗祭儀與西拉雅族的竹編技術，在台南水道[1]演出《道隱》。

行程滿檔，頻道跳躍，瓦旦看似穩當地接軌了創作者化身游牧民族，四方拓展資源與連結的全球化趨勢，但他皺起眉：「我不了解他們。」無論是面對印尼艾可舞團的舞者，還是台南的西拉雅部落，每個計劃短促的工作行程，既無法讓他了解跨團舞者的身體傳統與脈絡，更不足以深入地方部族的靈魂，他說得直白坦承：「衝擊跟破碎，是我面對自己、面對這些作品的主要感受。」

讓自己「被介入」

這位太魯閣族編舞家蹲點於花蓮市區邊緣的「工寮」，長時間將身體投注於舞團成員的部落：排灣族 Ising Suaiyung（朱以新）的屏東來義、阿美族 Malang Dapic（潘正宏）的台東新香蘭，以及他自己的古村部落。《道隱》的工作邏輯與過去瓦旦進入他者部族一起踏步、歌唱、生活，「織」出作品的狀態完全不同，但他說：「工作方法是一樣的。」

「每個部落有不同的狀況，很難以我的經驗，去看其他部落。」即便過去有親近如 Ising、Malang 引路，瓦旦在作品中呈現的依然是他身為「局外人」的觀察與感受，他說：「我不能用我原本的族群經驗去『做』這個族群啊，這太奇怪了。所以我沒有要『做』西拉雅，我不會。」

瓦旦謹守對異文化的尊重，不讓藝術去「介入」他者部落，而是選擇讓他者部落的生活介入他。

他分享，即便部落各異，卻有著同樣錯雜的關係，「像大宅門，進入一個小型社會得小心翼翼，要照顧的細節非常多。」但從過去的高山部落，進入平埔族部落，最讓瓦旦印象深刻的是六重溪部落西拉雅族人不經意的玩笑話，「我常會被說：『哇！這是我們第一次有『國家認證的原住民』來參訪！』」瓦旦敏銳地察知了平埔族跟高山原住民的微妙心結，「他們非常敏感，社群原本就存在階級，這也是。」

「他們強烈要證明自己是原住民，需要被別人認同，而不是自己『原本就是』。這當然跟政治有關，比如他們知道自己是道卡斯、西拉雅，但他必須跟這個國家說『我是道卡斯』或『我是西拉雅』。很尷尬。」瓦旦苦笑，「不只原住民，整個環境都很尷尬，很混雜，就像我們現在要去跟別人說『我們是台灣』一樣。」

他從西拉雅、馬卡道、大武壠等西拉雅族部落微妙的自我認同找尋與確立，連結自身的族群認同與部落經驗，反思「傳統」置身「當下」的現況，從而發展出在台南水道演出的環境劇場《道隱》，「道很久沒走，就會不見，但不代表它不存在。大家看不見他們，但他們除了看見漢人，也看見自己，只是很隱藏。」瓦旦以他在部落宮廟的角落見著的祀壺為例，「他們隱藏自己，不代表沒有存在過。」

在不見的道路上找水

瓦旦分享，首次抵達台南水道，他從這座日治時期興建的自來水供應設施的長階梯底層往上望，最先感覺到的是光，接著是一個人影，「有個人站在那裡，模模糊糊的，不知道是誰。從原本清楚的人影，緩緩地從遠處走到我面前，卻模糊了。」他偏著頭，尋思該如何把這個超感的個人經驗落實為語言，「這是『根源』，原本很清晰地就在那邊，可是當祂越接近我所處的現在與環境，卻越來越模糊……我看不清自己了，有時得要回過頭看那個光。」

對瓦旦來說，「光」與「水」是傳統，也是人類文明的中核，「找水」的身體是《道隱》的核心，「一般會想像水的狀態，但我又不是水。」他不扮演河流或水道，而是透過溯源呈現他的世界觀，「水很重要，『找水』不是當代城市人的經驗，水跟人從不浪漫，而是要命的關係。『水』是一種很隱藏的歷史脈絡，它跟文化發展非常密切。」

長期對「水」的思考，也讓瓦旦近年處在劇烈加速度的全球共製焦慮狀態中找到出口，因為他從最初感覺自己「對當地也是雜訊，因為我不懂你們，我卻要幫你們做些什麼」的挫敗感，到順流而走。焦慮未曾消失，但他漸漸習慣與之共處，「像我爸爸說的，你不曉得結果是什麼，但若你知道方向，你就往那裡走。也許不同地區的遊走，像溪流碰到石頭會暫時分開，但終究會合在一起。」

「我想開了，既然是雜訊與干擾，那我就把它開到最大，也許就會有一個……」瓦旦沒把話說死，他不是水，但他正在學習水，水會流動，也會衝擊。或許有一天，當他的「雜訊」開到一個程度，所有雜訊都會達到同樣的頻率也說不定。■

文 張慧慧

現職編輯、採訪與寫作。新北市人。台南觀光客。以前讀文學，現在寫藝術。喜歡走路、狗，以及跟狗一起走路。（採訪協力——鄒欣寧、周伶芝）

❶台南水道為自1912年開始興建的現代化水利衛生設施，將取自曾文溪的水源經過沉澱、過濾、貯存等程序後，供應給台南市居民作為民生用水。烏山頭、曾文溪水庫陸續建成後，於1982年正式功成身退，因建築與空間形式深具特色，2005年被指定為國定古蹟。

↓台南自古有「鯤鯓」，意思是台江內海的[illegible]。漁光島是三鯤鯓，與二鯤鯓的億載金城相鄰，原本相連的四鯤鯓則在安平新港開挖後彼此分離。一直被視為「市內離島」的漁光島，如今以漁光大橋連結台南市健康路三段和光洲路，雖然僅有一條聯外道路，卻一直是台南人的[illegible]，從三十年前一日可達十萬人次的「秋茂園」到如今的防風林木棧道、[illegible]、[illegible]等馳名祕境，吸引眾多遊客和新人前往拍攝網美照、婚紗照，而近年舉辦的[illegible]，更讓漁光島成為觀光人潮匯聚的世外桃源。

漁、光、島、

[redacted]什麼樣[redacted]

[redacted]混淆了[redacted]

[redacted]生命力[redacted]

[redacted]馴化[redacted]

[redacted]感概[redacted]

蟬鳴[redacted]

[redacted]「世外桃源」

[redacted]

這是一座什麼樣的島，我越來越混淆了。一方面自然的生命力破開我們被都市潔淨、恆溫所馴化的身體感知，重新感覺到溽溼、蟬鳴、蟲咬；一方面理性認知到：這「世外桃源」也是被特意標誌的遊園地。

地方

漁光島╳邊陲

我終於穩當了自己，將手緊緊攀附，再將兩腳牢牢踩踏，確定四肢全都勾緊、跨牢後，總算呼出一口氣，褪下腎上腺素，身體緩緩恢復知覺。夜風襲來，不知是因為高度還是夜，又或是惴惴不安的自己，風比起早上，有著一股不懷好意的淘氣，繞著周身搖晃不已。

凌亂錯落的竹架，算不清自己身在多高，得鼓起好大的勇氣才能往塔外看。

兩旁的馬蹄岸圍抱著月牙灣，灣內海與沙灘融成闇與闇分不清的色塊，海浪聲幾不可聞，但浪頭的泡沫牽成細細的白絲，進進退退起起落落。

視覺異常印象鮮明，我原本懷疑是哪裡架著燈，夜裡也不放過這片網路瘋傳的「世外桃源」，細看後，人工照明在遙遠的左前方，縮得比小拇指甲片還小還曖昧。是接近滿月的月亮照亮了整片海灣。習居在都市的身體，因自然而驚嘆而敬畏。

這就是我們與漁光島的相遇。

遊客的島

因為《土土海海漁光島》❶的關係，我們隨著人稱「其A」的陶藝家吳其錚來漁光島，也找來漁光島地標「日落塔」的搭建藝術家——雨果帶我們爬上塔，從不一樣的角度看這座島。一行人踏上錯綜複雜的竹支架，竹子或粗或細，有些已腐爛凹陷，立於其上得非常小心，但雨果如履平地，說話的同時雙手也沒有閒著，將繩子就著竹子的結點綁了起來。他說他每次都會把用剩的繩子綁在各處，一有機會就四處修補，而這樣的搭建修補，從二〇一三年開始，不知不覺，長成一座塔，長成為漁光島的地標。

從台南前往漁光島的路徑並不是固定的。過往因泥沙淤積一度與四鯤鯓連在一起的漁光島，在一九七四年安平舊港封淤、新的安平商港開挖後，重新獨立成一座島嶼，僅剩目前的漁光大橋與安平相連。下了漁光大橋，穿過防風林，就是最近在網路上非常火紅的祕境景點——月牙灣。

月牙灣是非常工整的人工養灘區域，海灣南北兩側的人造「馬刺型突堤」，成功地化解了浪汐的拍擊強度，灣內波浪輕歌般搖曳，造就適合衝浪、踏浪的好海灣。玩水之餘，如果還有點時間，也可以踏上造型彷彿外星飛碟降落點的堤岸，眺看近海漂浮的一畝畝蚵棚，倘若遇上夕陽落日，海光粼粼，美不勝收。造訪漁光島的遊客，難免深深為眼前的美景懾服。

但我有些好奇，究竟橫貫漁光島南北的唯一大路通往哪裡？於是決定行車到底，下橋後直往右邊盡頭，經過島上唯一的餐廳「元圓」，再穿過停車場，就是迥異於祕境景點的景象了：高聳的保麗龍堆成牆、堆成山，鷺鷥行走其上，啄食孔隙中的生物，蚵仔殼一籃一籃就地擺著，腥濃的氣味撲鼻……那是蚵棚加入海天景色之前的真實模樣。

如是下橋後往左行，會經過瑞復益智中心[2]、安平國小的漁光分校，直到路盡頭再左彎進去，才是島上的村落，如今未滿千人定居。從「景點」的角度看這個聚落，亮點大概就是建築師毛森江以清水模材質建造的民宿「毛屋」。如果缺少預算住不起毛屋，至少可以去她為了回饋鄉里建造的「天宮壇」公廁。

作為遊客，至此應該可以說：我已來過並深深探入漁光島了。

被創作的島

以這座島為命題的現地創作，則又是另一回事。

❶ **編按**：《土土海海漁光島》為2019年臺南藝術節委託創作節目，由著名操偶師薛美華和陶藝家吳其錚等人以台南漁光島為主題共同創作。

❷ **編按**：為一所服務發展遲緩嬰幼兒及心智障礙或多重障礙人士的日托型社會福利機構。

幾次為創作進行的田野調查，我們爬上日落塔，感受眺望的視線；撿拾海灘上的海廢物，拿吸管、塑料瓶罐、菸蒂菸盒做成垃圾偶；觀看蚵棚收成，在竹棚的棄置區，忍著海腥味與生物腐敗的惡臭味，尋找適合用來擺動操作的保麗龍塊；在防風林中拖行掉落的巨葉，模仿鷺鷥飛鳥的步行；我們像是獲得新玩具的小孩，努力讓想像力加速運作，爽快地添入水、火這兩個演出最讓人心驚膽顫的素材，拚命抓著從島上取得的線索發想。

關於用火，我們的計劃是演出中「在沙灘上做陶」。一開始的想像很美好：那會是非常嬉皮的夜，有營火、歌唱、聽海聲，像回到母胎那般安心……來到沙灘實地演練，我們依著日落塔下風小之處生火。夜晚的月牙灣不同於白日歡愉的氣息，漆黑的海顯露生冷的一面，海風很大，沙灘跟著浮動。陶需要的是土，土與沙是不同的，在捏製的過程中，我們得非常小心不能讓陶土混到沙，否則在燒製時容易造成爆裂。也直到那時我們這群劇場人才知道，燒陶可以把很多材質混入土中一起燒，塑膠會有塑膠的紋路、玻璃也會融成結晶的琥珀體、農藥可以化為非常後工業的顏色……

只是後來，那晚的結局意外糟糕。當我們辛苦捏製完成，出現了自稱維護海灘的人員，質問我們怎麼可以在海邊生火？接著轉而質疑為何沒有墊磚塊？這樣會把沙灘弄黑，下面的動物會被燙到，沙灘就會不美等等。

我們被問得莫名其妙，因為事前已針對沙灘上的燒窯進行評估，盡量除去會造成灰燼的材質，以完全燃燒不留殘渣為前提進行，而製陶的人也是火的專家，理解火的不同顏色、形態所代表的溫度變化，以及代表的不同燒製階段。我們對著這位海灘維護者耐著性子解釋許多，對方才稍稍放下戒心，說出是因為很多遊客只會生火不會善後，居民才會自發進行勸導。遊客變多了，隨之而來的喧囂、隨手丟棄的垃圾，也就成了附帶的惡。

這讓我好奇，島上的居民們是如何看待自己身處的這座「祕境小島」，以及假日、藝術季限定湧現的大量遊客呢？美麗的月牙灣與辛苦勞動的蚵仔寮、在觀光客嬉戲衝浪與寂靜偏遠的村落、在自主保存沙灘美景與無法避免產出海廢的傳統產業。走在島上，很難不感覺到漁光島這樣矛盾、衝突的部分。

被訴說的島

在參加區公所聯合島上瑞復益智中心舉辦的「漁光點點×21市集」[3]導覽時，導覽阿姨先是帶著我們看了漁光島藝術節[4]仍留在防風林的兩件作品，不無驕傲地說起島上美好的海灣、曾經的郊遊聖地——秋茂園的所在地、日落塔、毛屋與清水模的公共廁所。這些都是我們進行資料調查時可以輕易查到的資料。倒是說起沿岸與海、風爭地的作物時，非常引人入勝。看似兀自生長的植物，其實是跟著區域發展計劃刻意種植的，比如防風固沙的木麻黃、馬鞍藤、可以成為紙漿原料的銀合歡、可用可食可製鈔票的構樹……甚至鳳凰木的果實都可以成為小孩的玩具。防風林內也在二〇一九年重新築起「秋茂園步道」，供人回憶這民國六、七十年代曾非常著名的風景名勝。

導覽結束後，我去了清水模公廁旁的天宮壇，那裡供奉著最早落腳於漁光島的李氏宗親所帶來的田府元帥。相傳百年前李氏先民從福建海定縣遷徙來台時有三艘船，但唯有載著田府元帥香火的船平安抵台，其餘兩艘船都在途中遇風沉沒。此後，李氏家族便以田府元帥為主神祭祀。相較於人聲鼎盛的廁所，廟裡只有廟公一人，一時間有點恍惚：究竟是公廁還是宮廟才是建築主體？

從回憶中翻翻找找出這許多關於漁光島的事，但老實說，這是一座什麼樣的島，我反而越來越混淆了。一方面領受自然的壯闊美麗以及生命力，破開我們被都市潔淨、恆溫所馴化的身體感知，重新感覺到溽溼、蟬鳴、蟲咬；一方面理性認知，這「世外桃源」也是被特意標誌的遊園地。

[3] **編按**：自 2017 年開始舉辦，集結漁光島和安平 21 個社區，共同展出在地私房產品，並辦理慢活小旅行的營造社區活動。

[4] **編按**：臺南市政府文化局自 2017 年起舉辦兩年一度的漁光島藝術節，邀請國內外藝術家於島上進行地景創作，周邊亦有文創市集、工作坊、小旅行等觀光旅遊活動。

邊緣的島

何謂邊陲？

自然沒有邊界，沒有重心也無邊陲，但人的智識創造了界線。創作過程中，因為要協調演出區域，我們開始知道這片海是誰的管區、這片沙灘、防風林地、森林步道又分成哪些區域、各自隸屬哪些單位。過去配合「安平港國家歷史風景區」的建設，臺南市政府曾有「漁光島灘岸旅遊開發計劃」，但牽涉防風林解編與八十多戶違建戶安置問題，一度在二〇〇七年引起是否要規劃為觀光博弈區的評估與討論。

閱讀《五花鹽》第八期「鯤鯓」專題時[5]，透過台南市社區營造協會理事李珊珊的訪談文章，才知道當時新聞中的「違建戶」，指的是長久棲居在此的居民。而幾次與居民的接觸，不無驕傲地介紹哪裡也蓋起了民宿可以住，過去還有多少開發計劃想落腳此處，甚至日本政府、國民政府有祕寶藏匿等半真半假的野史祕聞。他們口中的島，如此值得外地人造訪與開發。但如何執行，又會怎麼影響、牽動島上風貌，則是牽涉地區開發的複雜問題。

島上唯一的國小——安平國小漁光分校，一座不滿百人的小學，最初為了避免學生長途跋涉到本島上學所設立的小學，在今年上半年，最後一位本地小孩轉走後，再也沒有本地學生。反倒是因學校積極開發的在地特色教材，主任不無驕傲地說，他們的教程吸引許多市區的學生跨區就讀。

因為潮汐洋流，沿岸的養殖業者必須採取浮棚式養殖法，於是每年三月的收成期到五、六月，沙灘、海堤周邊往往漂浮著保麗龍碎片與竹條。引人入勝的日落塔，

[5] **編按**：為「五花鹽」獨立出版社發行的季刊，主題為台灣在地故事。「鯤鯓」為 2018 年 2 月出版。

[6] **編按**：台南億載國小師生 2019 年 6 月 10 日，台南億載國小師生至漁光島戶外教學時，一名學童獨自在棚架搭建的小屋下躲雨，棚架忽然倒塌造成學童死亡。為避免島上再度發生類似公共危險，雨果隨後自行拆除高約 37 公尺的日光塔。(http://www.cdns.com.tw/news.php?n_id=1&nc_id=305349)。

若將之視為海廢物的堆疊，是否成了怵目驚心的度量尺標？過去一直卡在可能就地合法與限時拆除風聲的它，因為今年的一場意外[6]而拆除，如今沙灘上再也看不到那龐然大物佇立的身影。

時間帶動空間的變化與面貌，當書寫記錄下這段踏訪路徑時，也在思考所謂的「現地創作」究竟意味著什麼？地域與創作的關係，是否必然將當地的文史背景作為創作主軸？但是身為外來者的我們又有什麼權力可以做這件事呢？再往深沉探究，是無止盡的關於藝術與社會關係的推敲，介入？發聲？置外？沒有答案，我是否該爽快地承認：這本就是一趟註定誤讀的行旅？我們身陷於自我的情懷中，帶著自身的經歷以及濾鏡，可能疏離了也可能濫情，於是創作似乎只能更關乎觀者、關乎創作主視觀點。

那天在天宮壇，本想擲筊祈求元帥保佑展演期間平安，破爛的台語能力讓我費了一番功夫總算聽懂廟公說這裡是沒有籤詩的。一時間失了習慣的祭拜規則，反倒不知怎麼說下去。大汗淋漓心神迷離的正午，遲遲擲不到聖筊，索性向元帥坦白了這番誤讀與真實間的困境。不知風太大還是廟公給我的打火機早已沒油，費了好大的力氣金紙材才燒起來，但火極旺，希望戲神元帥姑且收下這沒有答案的思索。■

文 王詩琪

臺南藝術節《土土海海漁光島》劇組成員，以獨立製作身分和瘋戲樂工作室、黑眼睛跨劇團、娩娩工作室、藝穗節、飛人集社、再拒劇團等單位合作。曾策劃再拒劇團第五屆公寓聯展「位移之城」邀五組創作者於民宅、街區、海邊展演；也曾在南門市場發表《走市場》、於國家戲劇院洗衣房發表女節作品《化物式》。劇本創作曾獲新北市文學獎劇本組首獎。

薛美華

引路人

偶戲編／導／演，玩具劇場策展人、偶劇行動藝術家。二〇〇六年獲雲門舞集「流浪者計劃」補助，赴印尼梭羅STSI藝術學校學習傳統wayang kulit 皮影戲與wayang golek 杖頭偶；國內共製與海外邀演經驗豐富，受邀參與二〇一九臺南藝術節，與陶藝家吳其錚共同創作《土土海海漁光島》，以魔幻寫實的風格，呈現自然與人的互動關係。

我們留意城市了嗎？我們當然總是留意著城市，但問題不這麼簡單，關鍵在於我們「如何」去留意：是否長期只是用眼神輕輕撫過城市的皮毛？那些街角的磁磚、巷尾的破沙發、海水沖刷的網、扭曲的金屬碎片、枝椏伸展盤踞老公寓的藤蔓、茂密的木麻黃林小徑……它們訴說著什麼樣的故事？

當然，面對土地的小細節，感受都是主觀的，操偶師薛美華走進台南安平漁光島，直覺地把這些細碎之物都捧在掌心，向島民介紹自己，也不忘把相遇的人們、物件的回聲視為「城市的關節」，島如巨偶，細微處影響著她如何感受漁光島的行動與呼吸，這位「很直覺的」藝術家想說的或許是：去感受吧，珍重並自信你的感受，但首先，你要讓自己「關注地看」。

藝術×凝視・想像

走進城市的方法：

找到城市的關節，輕輕觸碰它

「資深物件操偶師」，這是在Google搜尋欄打下「薛美華」三個字之後會得到的結果，世界眼光之中的薛美華。只是，薛美華又是以什麼樣的方法，去理解周遭的人事物？

她的語調柔情，但眼神深處有不可動搖的嚴肅，「創作有太多有機質，好像不該有一定的方法吧？如果創作真的有流程，認識一個新的城市真的有固定的方法，那就是不預設。你得要先到了那個特定地點之後，去保存那個『第一次』才行。」

蒐集瑣碎與全面

「我記得很清楚，那次去漁光島天氣不錯，差不多要傍晚，有點蚊子。看到策展人牽著女兒走在木棧道上，旁邊有樹林……」她用眼神和右手比畫著方向，「光線從那邊灑下來，真的很不錯。很美。然後，在木棧道的旁邊有一塊保麗龍，它就在那裡。」

她描述保麗龍躺著的角度，以及繼續在島上行走，又遇見了鏟子、鐵桶、矮梯……頭上的天光、遠方的人聲、規律擊岸的海浪、兀自存在的靜物，這些他人可能會一略而過的瑣碎，之於她都是一個城市、一片土地的可動關節。身為一個操偶師，不可能不去注意關節。

「有時候在你碰到一隻偶之前，也不知道要怎麼操作它。只有動動看才知道……」她邊講邊動著自己的手臂，下意識地連頭和頸都一起改變角度；在探索可動關節的過程中，她也在蒐集所有可能的移動方向：「這樣動起來不太對，那樣……欸？好像可以！」她用身體記下第一次相處時，偶給她的反應、跟她說的話，無論舒服和不舒服。

「先觀察整體，才知道缺什麼，才知道還能做什麼。可能是個性的關係吧，我真的不喜歡事前做太多細節的功課。」為了《土土海海漁光島》幾次南下，她要求演員以同樣的開放，去探尋、接收漁光島的大小細節，「因為那很可能就是觀眾第一次來到這塊地方，最直覺觀看到的。」

藝術跟島的關係？

異地創作總有實質的限制，預算的局限縮減了創作者的編制，也縮短了他們與創作地的相處時間，「我們下去的時間很短，每天要試驗不同物件的不同可能，一路排練就到天黑，加上交通、心得分享、工作討論，就又十點多了，隔天還要早起。很累啊，但該做的事情還是要做。」

「我告訴演員，我必須給你們一點時間去跟村子裡頭的人打招呼。用你們自己的身分職業，告訴村民你們在做什麼，提那些你真正好奇的，或是對方會感興趣的話題」，她回憶初期在防風林步道的排練，「一開始我們走木棧道的時候，會有男女遊客經過，但是，演員習慣視而不見」，「但是不行啊！」

她索性規定演員：「等一下有人經過我們就打招呼，知道嗎？」

「當你發出這個想要展開關係的訊息，就會發現，居民的眼神變了，笑容也出現了。這時候對話才會展開。」原本像是滿懷好奇又寬容的小女孩，她在此時轉換了另一種人格，就像臥在窗邊觀察世界的柔軟布偶，忽然被誰注入了一股堅定的精神，「比如二〇一七年首屆漁光島藝術節的作品與島嶼的關聯是什麼？里長曾經跟我提起『藝術節』在他心裡的衝擊。」

原來，當年臺南市政府文化局盛大主辦的藝術節為小島帶來人潮與聲量，但當地居民面對的仍是現實資源的匱乏，他們對這些「藝術品」沒有太多的理解與相互連結的感受。

薛美華從這些對話中了解，「我們需要跟地方建立更多關係。我想讓那裡的人感受到，我們願意告訴你我們是誰，也想聽聽你們想告訴我們的是什麼。」

碰觸土地的細節

「一開始就是希望去接近島嶼的曾經、現在的居民生活的方式，感受文化，一點一點把當地居民所信仰的景象，拼出來」，所以，能找到的當地居民都盡可能去接近，「大家慢慢開始聊得熱絡，演員跟賣飲料、賣食物的聊天，在橋附近賣茶葉蛋的阿嬤也會跟我說他們以前撿木麻黃的故事。」

「終究是人和環境的關係。比如剛剛說的當地人與靜靜在那邊的保麗龍，我會想，它在說什麼話？跟這個地方又有什麼關係？」

人變成了組成場景的物件，而物件也變成了活起來，能分享故事的「人」，「我們只是帶觀眾去走這一趟，讓他們接觸到這個土地上的小細節，至於他們的身體怎麼感受，只能交回給他們。」此時的薛美華又回到安靜的模樣，靜靜地，對待這個世界的態度卻一點也不閉鎖，而有著開啟通透的毛細孔。

她面對每片不同土地的方式，就如同她觀察、觸碰每隻戲偶，讓自己先和手中這隻偶感同身受，因而可以成為它的穩實支撐，不再是擁有宰制權的操偶師，而是成為偶的共生夥伴；想像漁光島在薛美華和《土土海海漁光島》的創作夥伴手中，幻化為一隻大偶，以她曾捕捉到的那些動與靜、吸與吐，將原本在我們身體之外的一方土地，變成身體，活動了起來。

文 陳昱君

劇場創／作者。生長於台南，從事藝術工作至今皆居台北。曾以創作者身分發表若干現地或社會參與(site and social-specific)作品，於《回桃看藝術節》、《宜蘭中興紙廠藝術自造祭》、《女節》等；亦與原型樂園有長期合作。文字散見於牯嶺街小劇場文化報、衛武營本事、臺北藝穗節及其他有緣才相見的網路平台。

輯三、

地方

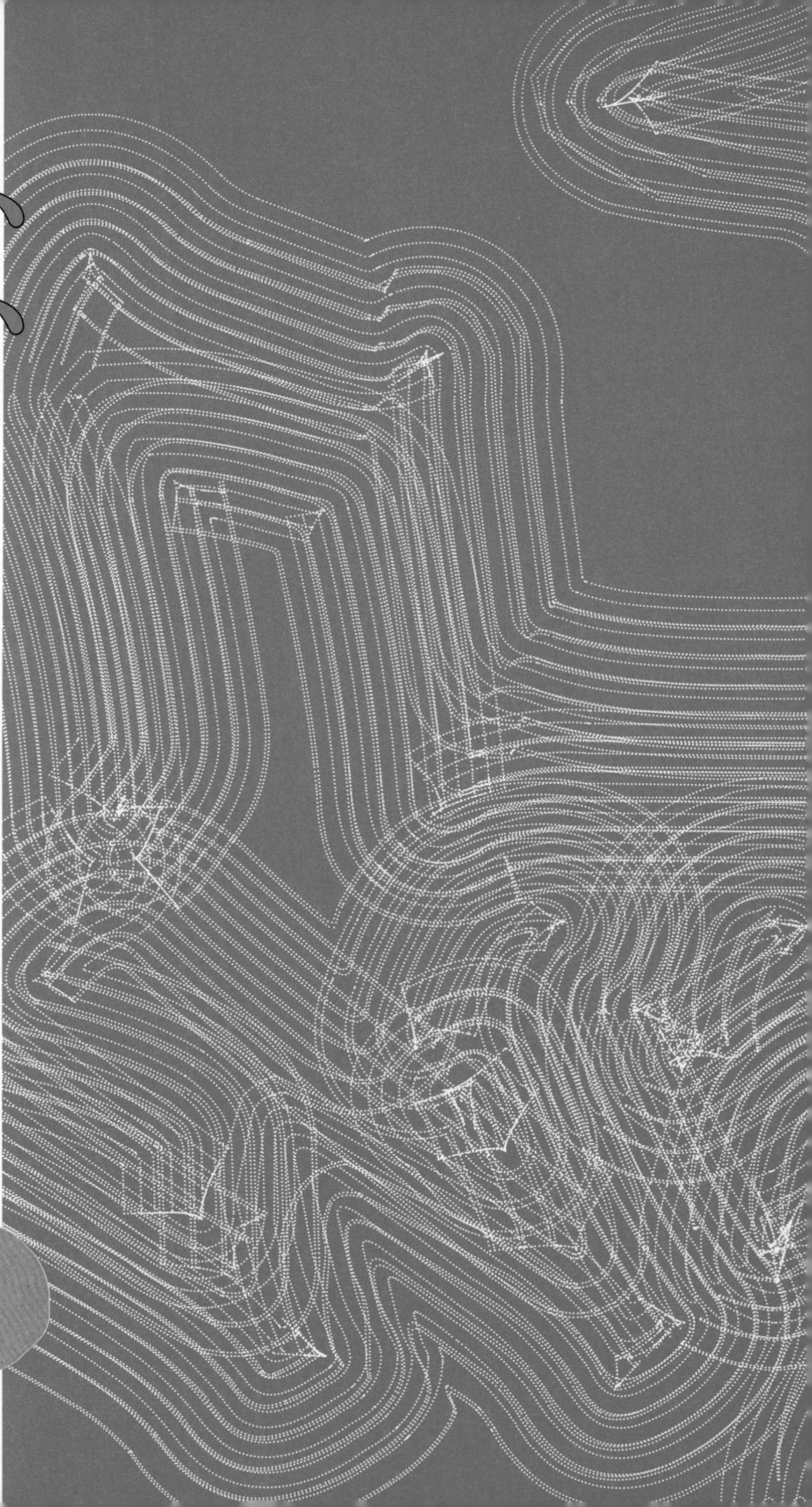

關、廟、

地方

↓位於臺南市最南端的關廟古名「[illegible]」，這個由大片丘陵和部分嘉南平原構成的區域，原本是[illegible]墾地，漢人自台江內海溯溪而上後，新港人被迫移居龍崎，因漢人在此設主祀關聖帝君的「山西堂」，人們始稱這裡為[illegible]，日人則在一九二○年於此設「關廟

庄」。山西堂後改稱[illegible]，是府城東門城外三大廟之一，香火一直鼎盛。至於不知緣起何時的「不[illegible]」，舊版為蔗糖、竹細工、藤器，其中以不產藤卻成就台灣「藤業王國」的美名，讓人嘖嘖稱奇。今日的關廟新三寶則[illegible]，外加棒球明星王建民。

[redacted]然灣·秦驗實手畫[redacted]住

[redacted]位

[redacted]生活觀竹材加工·[redacted]

[redacted]·[redacted]『工藝村』

[redacted]·

關廟╳傳統

其中仍有如台南關廟庄毅然遵守堅實手法和
注重造型美而製作者。
該地全鄉人口大部分以竹材加工為生活，
換言之：
生活即竹材加工，恰似夢的世界被實現化一般。
世界上「工藝村」雖多，但恐由關廟占第一位的交椅

Hay ya w ka pah　是一群年輕力壯的青年

La ka tay sa i la lan　走在路上

W ma mi w way　要去採藤

W la lan to ma pi ku a i w sa cu ka cu　彎彎曲曲的路是上坡路

Hay ya ma ti ya a w ci kay nu si na ma lay　走路的速度好像行駛的火車那麼快

O ni pa a ce la a hay nu mi so o i dag　朋友！休息吧！

O lu ma a si o a tu tu ki ko fa lu hag　另外嘛！有的胸部好像時鐘跳動不停

Ko ta te mi ha nu fa lu cu i so i dag　是你跳動的心呀！朋友[1]

世界的概念第一次在我腦海中浮現，或許是因為藤業。

在台南永康大灣鄉間長大的我，和大多數同世代的台灣人一樣，藤家具是最鮮明的童年記憶：南部夏季的降溫神器，偶爾不小心還會有邊刺，扎痛了，囡仔囝的細皮嫩肉；無聊打發時間時，則盯著粗細有致、經緯交錯的幾何樣式，一一數算各種排列圖形。但也是藤具，為我串起了家屋與世界的橋梁。六歲那年，媽媽告訴我從前在阿公阿嬤家同住、後來在關廟藤工廠上班的二姨，即將舉家搬去「印尼」（「印泥？有這個地方嗎？」六歲的我心想。）那一年，侯孝賢《悲情城市》榮獲威尼斯影展金獅獎，這是第一次有台灣電影站上國際影展舞台，（由六歲小孩所感知的）整個社會似乎為此「台灣之光」欣喜不已。在阿姨出發前，我們去看了這部電影。六歲，正好是從家過渡到學校、社會的年紀。像是某種巧合，與童年相連的經緯藤編，不再只是屬於農村家屋的印記，而開展至地球的經緯，藉由家族的血脈開枝散葉，串起了個人與世界、台灣與全球之間關係。

藤編師父的產地

我阿姨一家在民國七十九年移居印尼，在異國重新開始藤具事業，時間軸上標示的既是個人家族史，也是台灣藤業的興衰史。從這個時間點回推，以台南關廟為中心的藤產業，雖在民國七十年代盛極一時，卻只是如煙火般絢爛的短暫存在。現在提到關廟，總會想到被稱為關廟三寶的「鳳梨、關廟麵與綠竹筍」。究竟不產藤的關廟，如何成為台灣藤業舉足輕重的所在？又是如何見證這波來去匆匆的產業浪潮？關鍵就在這關廟三寶。

先從綠竹筍說起：關廟盛產竹[2]，而在農村文化中，竹筍可供食用，竹幹可做建材，竹篾還可編織。早在日治時期，據顏水龍一九四三年七月發表在《工藝News》的〈關於臺灣工藝產業〉便提到：

> 竹編……是全島最普遍的工藝，各地皆有竹工藝名人，接受委製特殊製品。主要產地包含臺北州松山街的內湖庄和臺南州新豐郡下的關廟庄，這些地方家家戶戶不論老幼，都能利用有限的工具與一雙巧手，生產出千變萬化的製品。其中關廟庄是無與倫比的竹工藝部落，不愧是承襲古老傳統至今，以非常組織化的方式營運，最近在產業組合的管制下，合理地進行技術指導、製品檢查、販賣仲介等，邁向事業化發展。昭和十六年（一九四一）的調查結果顯示，該地的竹工藝業者有一千四百八十三人，年產值為二十萬八千餘日圓。全部落居民主要以農耕為業，部落總人口一萬五千人，其中竹工藝人口占不到一成，幾乎都是婦女的家庭副業[3]。

日本民藝館長柳宗悅也曾在訪台報告書中提到：「其中仍有如臺南關廟庄毅然遵守堅實手法和注重造型美而製作者。該地全鄉人口大部分以竹材加工為生活，換言之：生活即竹材加工，恰似夢的世界被實現化一般。世

❶ 《採藤歌》，花蓮縣阿美族傳統歌曲豐月嬌記詞，豐月蓮校訂，國立傳統藝術中心臺灣音樂館典藏，查閱自開放博物館（http://openmuseum.tw/muse/digi_object/2c7cedf7f32b909c301c510a75be6094），最後查考日期：2019 年 7 月 16 日。

❷ 台灣竹分做散生竹與叢生竹，關廟是以屬叢生竹的刺竹、長枝竹、麻竹、綠竹等為主，前兩者是工藝建築用竹，後兩者則是食用竹。

❸ 顏水龍，《台灣工藝》（臺北：國立臺灣工藝研究發展中心，2016），頁 53-54。

界上『工藝村』雖多，但恐由關廟占第一位交椅。」[4]

竹編與藤編技法類似，藤的用途又較竹更多，做成藤皮、藤心等材料還可量化生產，規格化寬度、薄度。當一九五〇至六〇年代日本藤業積極在全球布局之際，自身卻逐漸面臨人力短缺、工資暴漲等發展阻力，而將產業轉移至地緣關係密切、又有深厚竹編傳統的台南關廟，大幅吸收匠師與竹編人力，從而取代了當地已有一定規模的竹編產業。

有趣的是，台灣本身也有產藤，主要分布於花蓮、台東與高雄山區，但多為黃藤，雖結實耐用但不易加工又難漂白。早期藤業自香港進口南洋藤，後因大東亞戰爭爆發而中斷供應。換句話說，這串被切斷的產業鏈，要等到戰後全球經濟版圖重整後，才另闢途徑重新接上世界的經緯。設計開發是由日本主導，市場以日本與美國為主，原料來自印尼，不產藤的關廟，倒成了名副其實的「藤編師傅與他們的產地」。

家庭代工時

走訪一趟關廟最主要的竹產地新光村，社區發展協會總幹事吳宗寶拿出竹籠、米籮、魚簍等竹製品，恰好對應了村落周圍的竹林、鳳梨田與小溪。對以農為業的關廟而言，竹製品最早僅為日常生活需用，甚至還為搬運鳳梨、竹筍製作一次性竹籃。

但從日常用品到跨國產業，卻是政府有心推動的結果。日治時期積極開發台灣手工藝生產潛力的顏水龍，曾於一九四一年在關廟與相關人士共同設立竹細工產銷合作社，也曾成立竹藝工房（不久後毀於空襲）。無論在二戰時期「……要有正確的指導機關，強化統一管理，已停止生產不具急迫性、不需要的製品，有效且適當地使用原料資材。此外，一方面也應該加強製作者之精神訓練，力圖提升文化性，致力於改善生活；另一方面則應期待透過參加光榮的產業戰爭，啟發培養出更進一步的國家觀念，以振興台灣之本土產業」，或是到了戰後如省政府建設廳主任祕書賴春貴所言：「提倡手工藝之復興以爭取外匯，實為自由中國朝野人士所一致公認的政策，並須急切推行，刻不容緩」[5]，話術或因政權對象而有所不同，背後的產業思維卻是一致。對外是要服務全球經濟與國家政策，對內則可充分利用農村剩餘人力（即不需從事粗重農作的婦女小孩），更可提高農村收入，改善生活條件——正如引言那首花蓮阿美族《採藤歌》，將台灣原生物種與象徵現代化的火車、工業化的時鐘連結，編織出小島如何富國強兵的美好想像。

在這樣的產業結構下，串起了以家為單位的勞力與支撐國族希望的現代工業，更進一步延伸至全球網絡。現以竹藝傳承推動社區營造的吳宗寶憶起小時候常與媽媽一起趕工：「我們都是按件計酬，被規定下課後一定要做完幾件才能出去玩，那時實在非常痛恨竹編（誰想到現在竟然又回來做這個！）」，而他在高中時趕上藤業興盛，也曾到藤工廠打工。這些編織技法其實不難，小孩都可以輕易上手，由「地方頭人」向工廠接案，統一分配給厝邊隔壁做陣趕工。在生產效率的要求下，也形成了村落各有專精的特殊現象。

末日大廠

以我二姨與姨丈當年待過的「德芳籐業股份有限公司」為例，工廠規模約五百人，廠房占地兩甲，年營業額曾高達一千五百萬美金，是當時台灣前五大藤工廠。廠內多採學徒制，由師傅帶著兩三名學徒製作骨架，細部編織則外包予鄰近村落如阿蓮、龍崎與內門等地，完成後再收回由工廠進行塗裝與包裝[6]。也有不少在工廠待過的藤編員工，離職後因此成為接案發包者。

當時台灣藤業市場以日本與美國為兩大主力。特別是藤業後期約在一九八六至八七年間，隨著台美貿易達到鼎盛，新台幣正做最後一搏頂住升值壓力，美國市場也在此時最為蓬勃。我的二姨丈（現 Farindo Furniture 負責人

[4] 顏水龍，《台灣工藝》（臺北：國立臺灣工藝研究發展中心，2016），頁153。

[5] 同上，分別引自63頁與隨書附錄《臺灣工藝》民國四十一年初版之序四，賴春貴文。

賴昭哲）表示，早年藤業工廠規模不一，也各有市場重心；至於像德芳這樣的大廠，則同時涵蓋美日市場，雙線經營，且需針對這兩地開發不一樣的產品需求與規格。原先學機械設計的姨丈，畢業後經友人介紹進入中壢藤工廠工作，後又來到關廟大廠，在廠裡便主要負責美國市場業務及技術開發。

說到這，工藝外銷講究的不只是好看、便宜、實用而已，還得迎合海外消費者的生活型態與美學喜好。台灣藤業本由日本引進，竹藤編織技術更是在日治時期由日本師傅親自指導，製作端至市場端自有一分親近與熟悉；相較之下，美國市場更好簡潔大器的組合式家具，也更貼合賣場量販的產銷規格。從這角度來看，在大量生產的工業原型背後，嫁接的其實是文化與文化的生活痕跡——儘管依舊消解在層層隔閡的跨國產業結構裡。

編織記憶

不少人將關廟藤業的沒落，歸咎於技術轉移後導致印尼政府進一步停止出口原藤，切斷原料供應。載我一程的計程車司機說：「台灣人就是太愛風神[7]，技術攏教予印尼人，才會家己無生理通作。」或許這口耳相傳的說法，只是面對無可奈何的局勢浪潮某種自我怨嘆吧。

藤業榮景過不了二十年，固然與印尼政府在一九八八年停止出口原料息息相關，指責台灣廠商讓技術外流，倒是忽略了現代手工藝早已不再是「傳子不傳賢」的家天下年代，而進入了資源流動既競爭也共享的全球經濟體系。畢竟當年也是因為日本師傅「技術攏教予台灣人」，才讓不產藤的關廟在全球藤業占有一席之地。一九八〇年代後期的台灣，同樣面臨當年日本曾抵抗過的種種阻力，工資上漲，台幣升值，最終產業出走，尋找下一個「藤編師傅的產地」，這都是時代的必然。

阿姨姨丈工作的德芳在一九八九年關廠，根據姨丈回憶，印尼政府禁藤之後，不少廠商想盡辦法取得原料，無論靠關係走私，或在禁令前先囤貨，能撐多久就撐多久；之後也不少廠商和印尼工廠合作，在當地完成半成品後送來台灣收尾，但技術門檻是步步退守，最後連高難度的塗裝噴漆都轉移陣地。至於阿姨姨丈則選擇全家搬到印尼。頭兩年先是透過友人牽線，替原本海外客戶繼續尋找工廠出貨，兩三年過渡期後才又開了自己的工廠。而此時留在台灣的藤工廠也快速萎縮沒落了。直到今日，或許還有幾間與印尼工廠合作，最低限度繼續撐住台灣藤業，但已不如當年盛況。

失去了原料、工廠與市場，留下的只剩下編織技藝。當年被藤業取代的竹編產業，並未因藤業沒落而再度重生，反而同樣身陷台灣社會經濟轉型的困境裡。有趣的是，儘管最早發展手工藝所謂運用「農村剩餘人力」的條件，已隨著農村人口外移而不再，技藝的傳承依然扣緊了「鄉土意識」，肩負起「改善農村生活條件」的重責大任，只是這次是以「社區營造」為號召。

新光社區吳宗寶近年積極推廣竹藝編織傳承竹，也藉此記錄早期藤業家庭代工的技法。此外，曾經看似勢不可擋的塑化工業，壓得靠人力、細工技藝的竹藤業難以翻身，卻也因近年氣候變遷、環保意識抬頭而再度出現

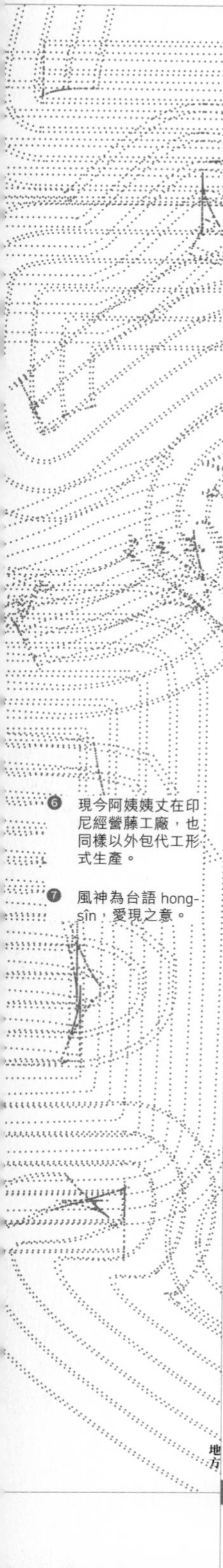

6 現今阿姨姨丈在印尼經營藤工廠，也同樣以外包代工形式生產。

7 風神為台語 hong-sîn，愛現之意。

微幅消長。無論是當代藤業開始使用複合自然材質（如稻梗、稻草、水草、香蕉梗等），開發更活潑的編織樣式；或是本土竹藝就地取材，研發更符合當代需求（如防火塗料）的產品——編織技藝的未來並不在於有利可圖，而是是否能再次創造出一種緊密相連的生活型態。

編家鄉　織世界

的確，當代藤具不再只是一項產品，而成了一種情懷，人生的流離牽絆成為其價值所在。在印尼生產並經銷台灣市場的「大發藤業」總經理吳仙姣憶起，曾有一位客人千方百計要為住在美國的老母親找一把藤椅，她和對方說：「媽媽是想家，不是想坐藤椅。」

回家的路上，這裡是阿姨姨丈又熟悉又陌生的地方，關廟通往中山高速公路交流道的主要幹道，他們一一細數著：「這裡以前是德芳、那間是台新、還有藝芳，我們以前家裡就在那個市場旁，這個公園裡的老房子是你表弟的幼稚園……」儘管周遭新開了好多條公路，我阿姨依然熟記著連接關廟與大灣的每一個轉角。

驅車回到（改制後的）台南市另一隅鄉下，這裡是家鄉，小時候在我心裡等同於全世界的地方；直到我長大，真正看過世界是什麼模樣，這裡成了離世界最遠的地方。而我阿姨就在這條大灣與關廟的路上騎車馳騁著，為我位在世界邊陲的老家騎出了跨越重洋的血脈蔓生枝長。

藤心藤皮交織的，原來是家鄉與世界，離鄉與返家的經緯線。■

文

白斐嵐

樂手與劇場文字工作者，幼年成長於台南大灣，後遷居台北。近年寫作重心聚焦於音樂在劇場之運用、劇場翻譯與文化轉譯、音樂與語言之結合等領域。曾翻譯《身心合一：後史坦尼斯拉夫斯基的跨文化演技》、《致演員——麥可契訶夫表演方法》、《劇場公共領域》等書。

●參考書目●

吳俊明主編：《關廟風情，香洋歲月》。關廟鄉公所出版，1999。
林雅亭著：《台灣藤業的歷史變遷：現況、困境與轉型》。國立臺南大學台灣文化研究所碩士論文，1999。
張瓊惠主編：《台灣工藝第 21 期——顏水龍與生活工藝特輯》。臺灣工藝研究所發行，2005。
盧明教主編：《濃濃關廟情，戀戀香洋風》。關廟鄉公所出版，2010。
顏水龍著：《臺灣工藝》。國立臺灣工藝研究發展中心，2016。

▼高俊耀＋鄭尹真

引路人

高俊耀，生於馬來西亞，當代劇場導演、編劇、演員；鄭尹真，生於台灣高雄，曾為《破週報》記者，二〇〇七年加入江之翠劇場，習梨園科步、南管唱曲、二絃與鑼仔拍。二〇一四年，兩人共同成立「窮劇場」，經常受邀赴東南亞、香港、澳門合作，愛閱讀的兩人，多以文學作品為本，透過亞洲傳統藝術的靜定內蘊為表演方法，叩問當代生活的同時，亦梳理歷史脈絡之中的身分議題。受邀二〇一九年臺南藝術節創作《紅樓夢續》，打造當代紅樓大觀園「文化創意園區」，讓曹雪芹筆下的紅樓人物們於台南登場，映照當下的台灣社會處境。

一座城市之所以包羅萬象、千變萬化，關鍵在於每個生活其中的獨立個體，其「異質性」所造就的「眾多世界」——不同的語言、聲音、思想，所產生的文化、族群差異，彼此交錯重疊，不同類型的世界如命運般相會——人們如何互動與交流，都將影響城市中的各種節奏。

高俊耀、鄭尹真在跨國城市之間穿梭、創作，相遇各個「世界」，「人」的碰撞、聚合，也是兩人最直接的感受。遍布各國的合作夥伴，無論合作次數、時間跨幅，都是一次漫長綿延的相遇。這對藝術家伴侶提醒我們，在與時間競賽的當代，如何不急躁、不妄進地延展關係，信任「人的力量」足以塑造一個世界、一座我們願意反覆重返的城市。嘗試慢下城市的節拍，這方法如世界古老通用的道理，最耗時費力的，往往有最豐厚的回報。

藝術╳凝視・想像

走進城市的方法：

深、深、認、識、在那裡的那個人

還記得世紀交接那幾年，「城市游牧族」一詞乍現，談的卻多是商務人士、受薪階級如何在全球化浪潮中，迎向一卡皮箱、一台電腦繞著地球跑的工作新型態。不到二十年，這股大浪也把過去以手工業自居的表演藝術工作者盡數席捲，駐村交流、跨城／國共製，乃至將演出概念內容視為「模組」，交由巡演地區的製作單位遵循SOP進行重製的跨域合作，構成了近年表演藝術的主要風景，劇場藝術家終於也成了城市遊牧的一員，一卡皮箱一台電腦，天涯海角工作／創作去。

好不容易敲定訪談時間的「窮劇場」也是其一。見面前一天，窮劇場雙核心高俊耀、鄭尹真剛結束澳門「足跡小劇場演書節」工作返台，緊接著高俊耀又要飛往日本東京參與講座；更之前，他們一面準備年底臺南藝術節的《紅樓夢續》，一面分頭去紐約駐村、赴台灣各地授課上工作坊……

在高密度移動和高強度工作的空檔，鄭尹真感冒了，高俊耀也面帶倦容，但說起話來兩人字斟句酌、專注凝鍊，談著這些年的跨城／國移動、交流、創作經驗，兩人從記憶裡提煉的貴重不容時間抹滅的，都是人。

嗜讀者物以類聚

從馬來西亞到台北念戲劇的高俊耀，可以說一開始觸及就踏上了旅程，「當時想的交流很簡單，希望台北作為重要的起點，但不只停留在台北，而是去很多地方。」日後願望成真，但他和先是工作夥伴、後是人生伴侶的鄭尹真都感覺，眾多城市各樣地方，澳門留下的影響最深刻。

首先是時間。還在澳門工作《安娜與蘇珊》時，鄭尹真在臉書上追記她和高俊耀與澳門足跡劇場另一對雙核心——盧頌寧、莫兆忠的合作歷程：從二〇一〇年首次受邀到澳門演出在台北藝穗節獲獎的《忿怒》，接下來無論受邀巡演、導／演合作、共同創／製作、開設演員工作坊……幾乎每年都與足跡有所牽連，如此直到今年邁入地十個年頭。

鄭尹真想起在澳時，聽聞阿忠（莫兆忠）接受電視台訪問，被問到「這是你們第幾次合作？」阿忠回答：這是一次合作，只不過持續了好長時間。能夠維持跨海兩地這樣漫長的「一次合作」，除了現實條件的允許外，更在於對劇場、對創作的彼此認同、相知相契，換個詞說，就是「氣味對了」，「我們跟澳門（阿忠小寧）是物以類聚」，高俊耀說。

兩人信手拈來各種類聚的基礎：高俊耀和鄭尹真都嗜讀，把閱讀視為重要的滋養和凝視世界的方式，兩人的創作更是和閱讀離不開關係，而莫兆忠和盧頌寧同樣對閱讀飢渴，不只如此，他們親身履踐大量的劇場書寫和出版，但凡評論、澳門劇場史、戲劇年鑑，同時積極表達對文化政策的意見，甚至，足跡還有一間對外開放的劇場圖書室，「哪有民間弄戲劇圖書館讓大家看書的？」高俊耀笑語中有深深的敬意。

在劇場裡，兩團的合作也一直在彼此認同中不斷累積默契，例如，四人都以台、澳兩地劇場在殖民地或西方劇場思潮下，雖然海納各種表導演理論技巧方法，追逐大師之際卻都欠缺建構和整理自己脈絡的能力，因此，連著幾年合作的工作坊和演出，都有探究「表演者如何面對自己的日常和主體？」的潛在用意。

鄭尹真舉一例：排練《安娜與蘇珊》初期，阿忠小寧到台灣工作，為了讓演員訓練「往內凝鍊」的專注力，俊耀尹真給演員「站樁」的功課，後來才知原來阿忠小寧也私下要求演員練站樁……「這些吉光片羽，是我們在過去十年中希望邀彼此一起創造什麼事情的原因」。

鄭尹真更形容，盧頌寧是「我的人生楷模」，「小寧的生活跟劇場所作所為都是言行一致的」，前幾年足跡陸續製作以環境與生態為主題的兒童劇，在乎實踐與理念並重的盧頌寧和莫兆忠就不再喝瓶裝水，隨身攜帶便當餐具，盧頌寧也為垃圾減量不再吃飛機餐……鄭尹真嘆道，「在他們身上我看到夢想與生活合一，太有意義。」

打磨「人的力量」

與南韓劇團「Shiim」這幾年的合作，則帶給鄭尹真和高俊耀另種跨域經驗。鄭尹真因二〇一三年觀賞 Shiim 兩位演員洪承尹（Hong Seung Yi）、白大紘（Baek Dae Hyun）演出的《柔光照耀的房間裡》，被兩人表演大為震懾，其後《安蒂岡妮》、《脫北者》展開合作，窮劇場也曾參與《脫北者》的製作。過程中，表演者的能量、語言與民族性格差異造成的溝通障礙，以及社運出身的 Shiim 作為一個高度理想性的劇團如何應對當前劇場生態……這些城與城、人與人之間微觀和巨觀的觀察面向，讓鄭尹真深刻體會，在全球化地景越來越相似、節慶式交流越來越多的時空中，最珍貴的永遠是「認識到交流的對方作為一藝術創作者，他人生發生過什麼事情」；而自承「慢熱」的高俊耀，越發體認了在這個注重交流交陪交友的時代，於他最重要的是「發酵」，在時間的作用下，不急躁、不勉強、不視作品為最終唯一的目標或意義，一種具延續性的人與人關係，可能無法映現在成果報告或數據，卻可能綿密流動於劇場裡外，成為諸種劇場、技巧、風格美學底下，厚實深邃「人的力量」。一如他們不沉浸也不現地，回到黑盒子劇場裡，老派極了的以手工業技藝搬演《紅樓夢續》。■

文 鄒欣寧
身分證上的戶籍為桃園。人生超過二十年時間都在台北和新北打轉。許多年前在台南空軍總醫院出生。擔任主編的前兩本書都和台南有關。文字勞動者。

↓位於台南市東北方，屬於大台南的「山線」地區。荷蘭時期為平埔族、住地，日治時期成為，後也有大量漢人移居至此開墾。區內平原、丘陵、山地各占約三分之一，境內有台灣小百岳之一、，東山的地名正源於「山在本鄉之東」。氣候上屬熱帶季風氣候，以農業為主要經濟活動，種植荔枝等作物，也因、「東山咖啡」而聞名。近年以觀光景點、西口，以及山中祕徑透明最為熱門；位於東河里的吉貝耍部落亦是對西拉雅族群文化感興趣者不可錯過之處。

東、山、

地方

[redacted]與故鄉[redacted]

接通：[redacted]永、[redacted]

[redacted]

[redacted]、月亮：[redacted]

[redacted]鳥鳴：[redacted]

[redacted]

[redacted]

這裡的環境氛圍與故鄉十分接近，
有水、有田，有大自然；
她喜歡在晚上抬頭就可以看到星星、月亮，
也喜歡隨時隨處可以聽到鳥鳴，
「只有住鄉下才能這樣吧」，
愛上東山變成不那麼困難的事。

地圖上的 Dong Son，發音近似島嶼南方這個小鎮；深夜傳訊問她：母國有沒有一個叫做「東山」的村子？翌日清晨五點四十八分，她回覆：「越南好像沒有東山村，但是東山有一個越南村。」

是的，那是十多年前，當東山還只是一個鄉鎮時，某個村落集居著台南人口密度最高的越南新住民，「越南村」之名於是不脛而走。然而，慢慢的，隨著移往他處的人口外流、或跨不過異國婚姻的調適關卡，還有就是台越通婚的「介紹人」因年事已高而逝世，總之，新住民人數漸漸減少，「越南村」也就只是眾人記憶中的名詞。

一九八五年出生的她，不太確定越南有沒有「東山村」，倒是記得小時候看過一部電影，「裡面出現了『東山鴨頭』」！那時她還沒聽過「台灣」這兩個字，自然也無從想像，日後，她會獨自飄洋過海，來到這個陌生的國度，用盡方法和氣力，緩緩地在「東山」的土地上穩穩扎根。

原住民、新住民

從鄉鎮變成市區，東山聞名的除了「鴨頭」，還又多了咖啡與龍眼花。一七五與一六五市道，猶如兩條平行航線，以南北貫穿的方式，把這裡切分為三：西部平原、中部丘陵、東部山地。總以為台南無山？但就在市邑之東，一七五公路沿著屬於阿里山脈的大凍山支脈西側蜿蜒攀升，「大台南」逐漸成為腳下的風景；一路上，觸目所見皆是寫著「咖啡」的字牌或店招。夏日暑氣蒸騰，經烘焙而瀰漫在山路間的香氣瞬間被傾盆大雨洗刷殆盡，雲靄氤氳繚繞，掩蓋青青山色。

另一邊，則是藍天白雲，豔陽高照。在柳營／東山交流道下三號國道，順著一六五公路，往冬山市中心方向前行。西邊是無際廣袤的嘉南平原，縱橫交錯著一條一條通往村里社區的鄉間小路，遠處有低矮的房舍，眼前是嫩綠色的秧苗；東邊，地勢略為起伏，平緩的丘陵地，有典型的常綠闊葉雜木林相。

行經柳營與東山交界不遠處，路邊站立著色澤鮮豔醒目的「吉貝耍部落」指示牌——Kabua-sua，Kabua 是西拉雅語的「木棉」、Sua 則是「部落」，這個據推測已有兩百一十多年歷史的「木棉花部落」，居住著西拉雅族蕭壟社的後裔。拜近年原住民族群意識興起之賜，井然有序的部落巷道內，處處是鮮明的文化復振痕跡：公廨[1]與「阿立母信仰」[2]、部落學堂、還有每年定期舉行「夜祭」和「嚎海祭」[3]的文宣，街廓牆面上張貼著徵集老照片的海報，還有以壁畫搭配母語的街頭塗鴉……這番偶遇無疑頗富深意，是參照、也是提醒，原來東山不僅有「新住民」，也有「原住民」。

從西寧到東山

潘羽姍，家中排行第三，有兩個姊姊、一個弟弟、一個妹妹。像許多越南女性一樣，原本姓名中帶著一個「氏」字，後來，她為自己改了名字，大概也有點象徵著她改變了自己的命運。

出生在陽光明媚卻乾燥的越南西寧省[4]，家裡務農，種的是不需要太多雨水的花生、綠豆、黑豆……做木工的爸爸到處幫人家蓋木屋，孩子們得自立自強，「我們從小就很獨立」，每天來回走三、四公里去上學，但生活是容易的，「那裡的環境非常自然，水源很清澈乾淨，一旦下雨路面上的水窪裡都是魚，好像你是跟著魚一起去上學，很開心。」

一個受到家中寵愛保護的小女孩，高中畢業後，因姊姊結婚離家、以及自己的情感波折，在頓失所依的情境裡，萌生了遠走他鄉的念頭。「其實我當時沒有任何想法，也沒有想要了解台灣是一個什麼樣的地方，我總覺得無論去哪裡，只要願意改變自己，就可以融入當地環境，如果我真心對待每個人，就可以在那裡過得很好。」就這樣，即使對台灣一無所知，憑著年輕氣盛和

[1] 公廨的西拉雅母語為Kuwa或Kuva，漢字亦有寫作「公界」、「公堺」，在西拉雅傳統社會的文化脈絡中，「公廨」主要是作為祭祀祖靈的場所。不過，西拉雅族學者段洪坤也特別指出，依據族人的神明系統和信仰邏輯，「公廨」其實有大小層級的區別，而目前吉貝耍部落可以看到的主要有「社群性大公廨」：是整個村子共同的信仰場所，以及「角頭公廨」：祖靈在聚落裡的某個「角頭」被一些人祭拜。吉貝耍有五座具有家族性質的角頭公廨，由五個姓氏的家族負責祭祀管理，這可能是早期西拉雅族信仰組織結構崩解後唯一留存的系統特例。（詳見：段洪坤著：《阿立祖信仰研究》。臺南市文化局，2013。）

[2] 阿立（Alid），是西拉雅族「祖先」的意思，其對於所信仰的祖靈即泛稱「阿立祖」；但在不同的社群文化圈，亦有不同的稱法，一般最常聽到的「阿立祖」，主要流傳在蕭壟社和麻豆社。清領時期由於實行番屯政策，麻豆社、蕭壟社、大武壠派社等地居民陸續搬遷至吉貝耍部落，「阿立母」遂成為蕭壟社「阿立祖」的在地化稱法。在吉貝耍的信仰系統中，位階最高的神明是老君，再來是尪祖跟尪公——尪祖在大公廨內視事，尪公則不管世事；接下來即是當地人最常提到且在各角頭執行神職的七位阿立母主神，因為祂跟族人的接觸最頻繁並且負責管理部落大小事物，故而成為吉貝耍神靈的代表。

不服輸的心理，她從越南的西寧到了台灣的東山。

那一晚，飛機降落桃園機場，同鄉友人接了她，上高速公路，一路往南；快速而順暢的車流，讓「交通方便」、「沒有摩托車」成為她對台灣的第一印象。沿途行經車水馬龍、燈火通明的都市，接近深夜十二點，抵達一盞燈都沒有的「漆黑東山」。

鄉下人家休息得早，但看到已經是名義上的夫家鎖著門、關了燈，不可思議的惶恐才浮上心頭，「我有一種好丟臉的感覺，不斷問自己是不是應該要回去。」像是一個充滿寓意的 sign，諭示未來得在諸多不易理解的文化差異中摸索，唯一堪可告慰的是，這裡的環境氛圍與故鄉十分接近，有水、有田，有大自然；她喜歡在晚上抬頭就可以看到星星、月亮，也喜歡隨時隨處可以聽到鳥鳴，「只有住鄉下才能這樣吧」，愛上東山變成不那麼困難的事。

手錶、圍裙、拖鞋、讀書

她是村子第二位越南的新住民，「在我之前只有一位東埔寮姊妹」。典型農村社區裡的熱情與好奇，讓她的一舉一動都成為左鄰右舍乃至夫家親友矚目的對象。大她十七歲的先生，是傳統的台灣男性，沉默少言、不輕易流露內心情感，結婚不久就為了準備公職考試而獨居在台南市中心；留下語言不通的她，面對婆婆、大伯，還有需要人照顧的小叔。

人生地不熟的環境裡，她無處可去，婆婆也許是隨口無心的一句詢問「衣服洗了沒」都可以讓她流下淚來。在家裡幾乎沒洗過衣服的她，一邊不解明明有洗衣機為何不能用，一邊在心裡搓揉出一個又一個問號：「這就是我往後一輩子的生活？」小叔讓婆婆帶她出去「玩」，沒想到就是騎著腳踏車去田裡逡巡一圈，便宣告結束。當天晚上，跟著婆婆和先生去夜市，她收到了來台灣後的第一份禮物：手錶、圍裙、拖鞋——手錶是為了讓她記得煮飯、下田的作息，圍裙是讓她煮飯時穿的，具有防滑防水功能的拖鞋則是為免她拖地時滑倒。

有了這三樣工具，此後，她的一天是這樣展開的：一大早起床做全家人的早餐；之後跟著婆婆和大伯到田裡幫忙；接近中午時再趕回來準備午餐，下午兩三點左右再下田；晚上做完所有家事後，回到只有自己的房間，沒有電視、沒有書、沒有任何東西。幾天、幾個月過去，她懷孕了，意識到自己的人生不能這樣下去。

她跟先生提議，無論多辛苦，希望夫妻可以在一起；於是，先生把她接到台南，暫住親戚家。親戚擔心懷著身孕的她有任何閃失，因此還是延續前此哪裡都不能去、坐監般的生活模式。好不容易盼到周末，等著跟先生相聚，迎來的卻是先生擱下她、獨自回到東山的殘酷事實。「那一刻，我好像整個人都破碎了，我哭了很久很久……」

想起當初自信滿滿地跟家人說一定會過得很好，但此刻，身邊沒有朋友，身上沒有錢、沒有證件，連回家的路都踏不出去，更遑論找工作云云。思索徹夜，她發現自己唯一能做的事就是改變自己，「因為只有這樣，我才能照顧我跟小孩」。一個禮拜之後，先生的堂弟載著她從台南再次返回東山，此後，「我再也不吵著跟他出門」，而是為了「認識字、出門能認得路，也要能在未來跟孩子講話」，爭取讀書的機會。她從小學一年級讀起，到二〇一九年六月，大兒子即將升上國三，她則從大學畢業，準備繼續攻讀研究所。

五、越星

隨著中文逐漸嫻熟流利，她的生活世界逐漸擴大；先是從事家庭代工，後來考上越南語通譯，在衛生所擔任翻譯工作；這期間，還在新營開了一間東南亞食品行，問她貨源從哪裡來？「我會去家樂福的東南亞食品區，看標籤上進口商的聯絡方式，就打電話跟他們叫貨。」終因孩子年幼，照顧起來分身乏術，她又轉換跑道，到工廠當作業員。一邊讀書，一邊打開接收外界訊息的頻

3 嚎海祭又被稱為「哮海祭」或「孝海祭」，是吉貝耍特有的祭典儀式。每年農曆九月初五下午，在前一天的「夜祭」結束後，部落族人挑著牲禮、飯菜，來到大公廨西南方附近的農路，面向大海，請諸神與祖靈前來「看海戲」。祭典由尪姨主持，儀式包括擺祭品、巡祭品到唱牽曲，藉由「哭」與「祭」，遙拜當年渡海來台死難於海上的蕭壟社先人，訴說祖先開創基業的艱辛，並傳達對其追思與感念。

4 **編按**：越南西寧省（T nh Tây Ninh）在越南東南部區域，其西、北與東埔寨相鄰。

地方

道，除了賺錢工作，也熱衷參與各項新住民研習課程，認識許多同樣背景的姊妹，越南文化推廣團體「五越星」和「新向陽」，就誕生於這樣的機緣。

這一天，我們相約東山國小。星期三午後，學生們都放學回家了，坐在教室裡的，換成參加研習課程的老師。她帶著我，靜靜穿過走廊，來到「新住民學習中心」；門口掛著越南、泰國、柬埔寨不同語種的「歡迎」標語，三間比鄰的教室分別作為東南亞音樂教學、舞蹈教學以及展示空間，無論是照片或文物，都有詳細的說明介紹。羽姍告訴我，這所學校有百分之六十的學生來自新住民家庭，因此成為臺南市政府「新住民學習中心」的重點教學單位。而她在這裡的身分是越南語言文化教師，除了語言教授，還負責課程規劃、執行成果和結案報告的撰寫。中心開設的語言課目前僅有越南語和柬埔寨語，這是因為社區的新住民主要來自這兩個國家。儘管「越南村」消失了，東山的越南籍新住民人數是台南市各地之冠。

新住民女性與移工不同，大半時間都為家庭所繫，少有周末休息、集體外出放風的節奏。正因為深知那樣的生活多麼孤單顛躓，潘羽姍聯繫童氏容、范鄭瑞綾、范氏玉映和蘇虹鮮四位理念契合的姊妹，以母國國旗上的星星為意象，成立了一個都不能多也不能少的「五越星」。這個因文化部二〇一六年推出「新住民藝文體驗推廣實驗計劃」而申請成立的團體，當年從一百二十九個團隊的激烈競爭中脫穎而出，是唯一「不摻水」、完全由越南新住民所組成的團隊。

起初，她們的服務對象主要是其他越南姊妹，除了分享自己與台灣從陌生到熟悉的心路歷程，也會告訴姊妹們有哪些資源可以運用，以過來人的經驗協助姊妹們更快地適應台灣社會。後來，五越星更把對話窗口朝在地長輩打開，為了釐清：不同國家的文化差異是否真會引起嚴重衝突？人與人的溝通真有那麼困難？她們走訪不同社區，和五、六十歲以上的阿公阿嬤交流，透過美食、手作藝品以及戲劇演出，她們穿插介紹台越不同的飲食習慣和生活方式，以回應阿公阿嬤「為什麼我媳婦每天都煮那麼臭的食物？」等困惑。

這群理應最難接受「新」和「變」的長輩，在親身體驗後也逐漸有了轉變。過去不敢吃的食物，現在願意打包帶走；以前覺得怪裡怪氣的衣服，試穿之後也能感到新鮮有趣。羽姍更以自己為例，婆婆和叔叔一開始因為左鄰右舍的耳語反對她念書；後來由於媒體的報導，知道「我到底都在外面忙什麼」，不僅翻轉了對越南媳婦的印象，連在公眾場合都能驕傲地「走路有風」。

一年多前，潘羽姍又連結東山、柳營、新營地區十二位姊妹和她們的孩子，組成越南舞蹈藝術表演團體「新向陽」，團員中年齡最大的是一九七八年次，最小的今年才正準備就讀小學一年級；「新向陽的姊妹多半是家庭主婦，所以她們走到哪都帶著孩子，後來乾脆讓孩子跟著演出，就連先生們也在其中扮演重要角色。」

台灣越南人

走過十五年努力「成為台灣人」的旅程，回頭審視，羽姍的想法有些不同了，「有一段時間我很想讓自己變成一個『真正的台灣人』，所以把跟越南有關的東西都放棄，我不要讓人家看到我第一眼就說『妳是越南的』。但現在不一樣，我想就是因為我是越南人，有這樣的優勢，才有今天的我。」現在的她，面對旁人脫口而出「妳是越南的」、「妳是外勞」，會理直氣壯地回擊：「你為什麼要說人家是外勞？你知道這樣說別人會多傷心嗎？」

儘管如此，但她卻說，即使經歷了那麼多的辛苦，如果一切重來，她還是會選擇台灣。問她怎麼看待新聞媒體和日常現實中那麼多的不友善？她含蓄而委婉地淡淡表示：「其實就是彼此不了解所造成的。」在她眼中，「台灣人不但友善，而且單純、客氣，特別是有禮貌。」這無疑是一段令人驚詫的評價，「是真的，在越南我們不會輕易說『對不起』這三個字，除非是很嚴重的事情，但是這裡隨時都可以聽到謝謝、抱歉，這是我覺得台灣和越南最不一樣的地方。」

道別後，傍晚的陽光仍有熾熱威力，市區道路兩旁的「東山鴨頭」名店一攤一攤出爐，空氣中瀰漫著甜鹹交雜的滷汁鑊氣。途中再次經過吉貝耍部落，不知道阿立母們是不是同意她的觀點？■

文 趙慶華

出生、成長於北投，偶然成為台南人的芋頭番薯。目前工作地點是國立台灣文學館。熱愛汪星人。畢生夢想行腳世界、攀登無法抵達的高峰。

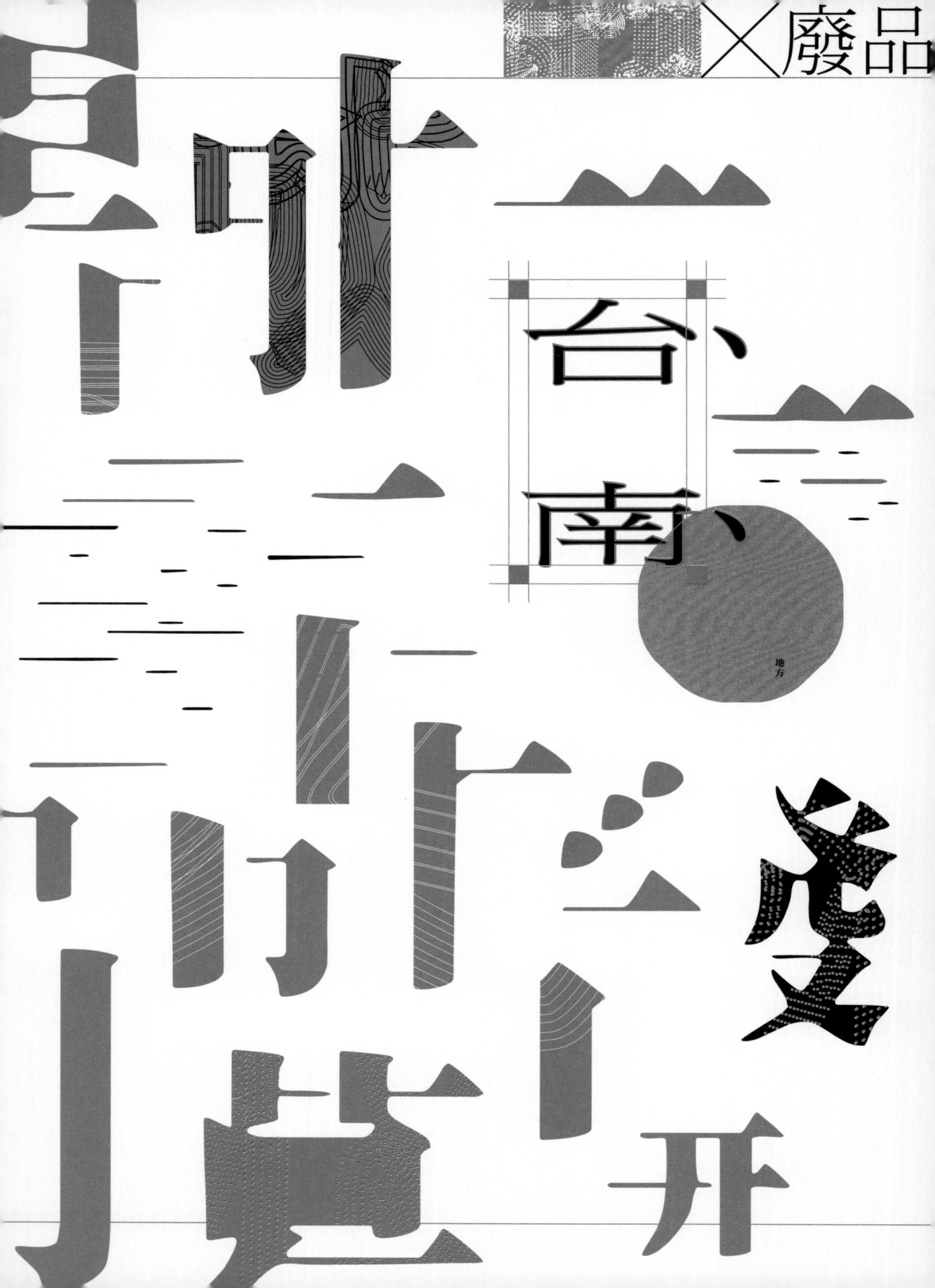
×廢品
台、
南、
地方

↓從「[illegible]」開始，台南的古都形象一直深鑿於人們心中。外來者對台南的印象主要集中於位在[illegible]，亦即傳統的「府城」。這個台南以[illegible]著稱，也是國內外觀光客公認台灣最宜居樂活的城市之一。實際上，六都之一的台南市共含括了三十七個區域，同時也是全台平原面積最大的城市。它擁有[illegible]工業園區，台江國家公園也設在由內海淤積為陸地的安南和七股濱海區域，其中包含了曾文溪口等國際級溼地，是座匯集了[illegible]的大城市。

[redacted]腳下[redacted]廢棄之
人、遺[redacted]之地、[redacted]去搜[redacted]背面[redacted]上被遺忘[redacted]人
[redacted]

地方

我們腳下這片土地，
似乎也有很多我們日常沒有發現的廢棄之人、遺忘之地。
如何沿路撿拾台南的廢品？
如何去搜索光影照不到的台南背面？
以及其上被遺忘的人與地、還有靈魂？

台南╳廢品

文文仔火

從外在看起來，台南是很精緻的。

二〇一九年五月，臺灣文博會在華山藝文特區等地盛大開展。其中有幾個展區是地方的特色文化展覽，台南也有參展，主題叫做「文文仔火」。

展區有一區是美麗的剪紙藝術作品——藝術家楊士毅的「鳳凰的祝福」（他也曾製作過「大魚的祝福」，作品在安平港邊），熱情色彩使人聯想到台南的鳳凰花，孔廟及武廟的磚牆，還有人說是廟埕宴會時候，會擺放的「椅仔頭」喜氣顏色，能代表台南的意象。

「文文仔火」展，將慢活節奏、府城驕傲小吃加上文化資產肌理所構成的古都美學，投映成觀光客眼中的台南印象。如同坊間出版社，從早些年的台南旅遊指南，發展出了移／宜居台南的生活論述，這是一個陽光滿溢，努力接待遊客的經典都市。

悠然所在

但是啊，在美麗山牆背面，豐盛小吃攤水溝槽底下，總有一些觀光客看不見的暗面，承載並沉澱著台南新陳代謝過後的「廢品」。

如同台北的文創會場，台南總是一個構築中的夢。台南的國民文學家葉石濤說：「府城是一個適合人們作夢、幹活、戀愛、結婚、悠然過活的地方。」但其實葉石濤也曾活在貧窮逼仄的台南，如同「蝸牛巷」的由來，起初也並不是那麼浪漫[1]。

早期葉石濤因為在文賢國小教書，居住在保安車站的村莊，因為一場颱風，一家大小差一點被洪水淹沒，後來因此舉家搬遷鳳山舊城。

府城並不總是如此悠然，過活也需要許多幸運。

讓我們來尋找，那些失去歸屬的，或者是受人嫌惡的，非屬人間的，旅遊手冊不曾記載的「廢品」及其所在。所謂廢品，並不是真的廢品，而是社會性質地、全方面地將「廢棄的」群體篩選、淘汰，導致人們及物品產生一種無家可歸的狀態。這種被廢棄感和缺乏歸屬，如提出此概念的社會學家齊格蒙·鮑曼所說：「……它看起來像是一種脫離、中斷和忘卻的文化。」[2]

我們腳下這片土地，似乎也有很多我們沒有發現的廢棄之人、遺忘之地。如何沿路撿拾台南的廢品？如何去搜索光影照不到的台南背面？以及其上被遺忘的人與地、還有靈魂？成了反身並且再現台南的艱難問題。

遺忘之地

在PTT的台南板上詢問：「有沒有台南比較幽靜的地方？」總會有人留言「國民路」。國民路是台南殯儀館所在位址，在南山墓園旁邊。

而南山已經成為PTT鄉民的奇幻荒野，宜居城市的遺忘之地。

攤開府城百年地圖，在大南門城外，總是有一片語焉不詳的地區，有些地圖會在旁邊畫一座竹溪寺。這個曖昧的地方，過去就是府城的墓葬區，大致上從五妃廟座落的魁斗山，一直延伸越過竹溪，直到台南機場周圍，最東到今日巴克禮公園一帶，最西到夏林路一帶。

大概在荷蘭時代，熱蘭遮城底下逐漸形成漢人的移民聚落，當時漢人遵循明朝的律例，人死之後不得火葬，所以漢人聚落旁都會有大片的土葬墓園，形成了今日的「南山墓園」。此地也是台灣最大最古老的墓葬區，裡面一座「曾振暘墓」，根據墓碑記載，建於崇禎十五年，為西元一六四二年，距今已有近四百年的歷史。

隨著漢人人口成長，墓園範圍越來越大。直到一七二三

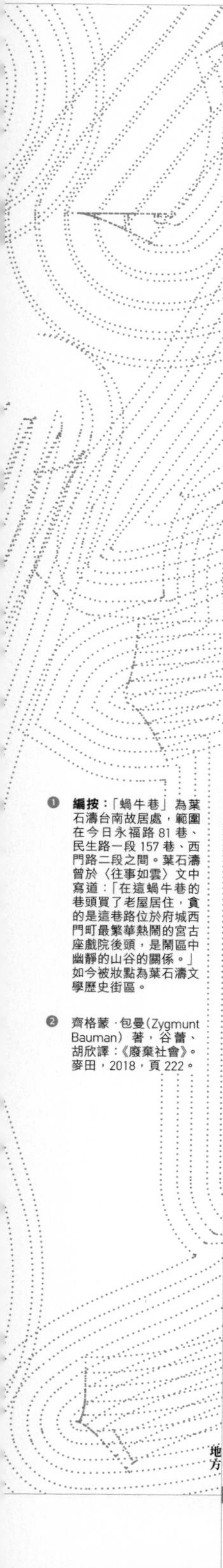

[1] **編按**：「蝸牛巷」為葉石濤台南故居處，範圍在今日永福路81巷、民生路一段157巷、西門路二段之間。葉石濤曾於〈往事如雲〉文中寫道：「在這蝸牛巷的巷頭買了老屋居住，貪的是這巷路位於府城西門町最繁華熱鬧的宮古座戲院後頭，是鬧區中幽靜的山谷的關係。」如今被妝點為葉石濤文學歷史街區。

[2] 齊格蒙·包曼（Zygmunt Bauman）著，谷蕾、胡欣譯：《廢棄社會》。麥田，2018，頁222。

年，朱一貴事件平息之後，府城開始修築城牆，於是劃出了南山墓園的界限，將墓園擋在大南門城以外，從此居民與祖先各有領域，生活空間不再相涉。

日本人領台之後，在一九一一年左右，開始進行府城的「市區改正」，拆除了許多房子，包括府城名士林朝英的家。由於府城市區略顯擁擠，重劃過程中遇到很多阻礙，所以日本人就想要陸續開發城外的土地。到了一九二〇年左右，日本人突破大南門城的界線，預計往南興建「台南師範學校」、「第一及第二高等女學校」及「體育場」等等建設。但清理墓園並不是這麼簡單的事。一九二八年，臺南州廳以慶祝昭和天皇登基的名義，打算大舉開發南山墓園約十九公頃的土地，這項計劃一傳開，府城一片嘩然，於是由新文化協會成員洪石柱、侯北海及莊孟侯等人帶頭，展開大規模的抗議行動。後來日本政府藉此檢舉新文協成員，十多名相關人士遭到逮捕入獄，史稱「台南廢棄墓園事件」[3]。

海軍眷舍

一九三六年，為了興建台南機場，日本政府又趕走了原先住在「桶盤淺」地區的居民，迫使他們搬遷到今日殯儀館東邊的地區。

原本機場是做民航用途，但是當時中日戰爭爆發，機場撥給了日本海軍使用。所以日本人陸續清理墓園，修建海軍的後勤基地，就是現在的水交社，是日本海軍軍官社團（取「君子之交淡如水之意」）。水交社裡有海軍的軍官宿舍，內部十分整飭高雅。

戰後，國民政府來台灣，空軍跟著進駐台南機場，水交社就變成了空軍眷村，旁邊興建有「台南空軍子弟學校」，一九六七年改為「志開國小」，紀念中華民國的空軍英雄周志開。而美國軍官也同時進駐台南基地，在今天的勞工育樂中心附近修建美軍俱樂部。

如今，配合眷村整建計劃，水交社居民都已遷出。目前僅保存幾間建築，其他建物都被拆掉。曾經一塊土地上，有過明清先民、日本軍官、美國軍官及外省眷村的生活痕跡，今日僅剩無人的遺址、遙遠而模糊的眷村記憶，和一座林木蓊鬱的貴子山。

南山之秋

南山墓園隨著都市開發，墓區的範圍也正在縮小。滄海桑田，時代更迭，所有堅固的事物都將煙消雲散。而近年來，開發南山墓園的聲音也越來越大，臺南市政府開始統計清查墓園上面的墳墓，希望進行全面遷葬的事宜。

雖然許多文史專家大聲呼籲，南山墓園上面有許多珍貴的古墓與文物，見證了府城四百年的開發歷史，更是先人長眠安居之所，希望市府暫緩開發計劃。但或許如同一九二八年的廢墓事件一樣，終究難以抵抗都市擴張的潮流。就這樣，歷史不斷相互疊加上去，廢墟重疊廢墟，遺址淹沒遺址。

南山之秋，遺忘之地。或許每年清明節，台南子弟會陸續回到這片土地來追悼先祖，但平日的南山墓園，就是一片橫擋在城南的荒野，終究無法與「人間」和平共處。前市長候選人林義豐的「Crazy Friday」構想[4]，或許已是墓園的預言，或寓言。

黃昏正興

市區開發，那些被拋下的不只是先民墳墓，還有都市生活的人們。

城市之光，不在車水馬龍與高樓大廈，而在認真經營生活空間的市民。

大約二〇一〇年左右，高耀威「移民」到正興街，經營一間獨立品牌的服飾店「彩虹來了」。正興街雖然在大菜市隔壁（日本時代的西市場），穿過在日本時代被稱為

❸ **編按：**又稱「大南門廢棄墓園事件」，參見：https://www.taiwanus.net/history/4/69_5.htm。

❹ **編按：**2018年台南市長候選人林義豐於競選期間舉辦「Crazy Friday電音派對」，並提出將南山公墓遷葬、原地打造「雙峰靈骨塔」，另撥部分用地打造午後夜市吸引遊客、引進西班牙「瘋狂星期五」狂歡活動等政見，一時引起熱議，被網友戲稱為「虧雞福來爹」。

「淺草」一般的熱鬧地區，但幾十年前市區逐漸沒落，正興街也沉寂下去。

高耀威回憶剛搬來時，正興街籍籍無名，他有一次搭計程車，司機甚至還找不到路。後來他開始聯絡左鄰右舍的感情，串連泰成水果行等附近店家，舉辦聚餐及過聖誕節等社區小活動，最後還發行《正興街》雜誌、舉辦辦公椅滑行大賽、社區音樂會……成功營造了溫馨活潑的氣氛。正興街於是成為年輕人「休日散策」的著名景點，旅客可以住在充滿藝術氣息的佳佳西市場旅店，喝正興咖啡、吃蜷尾家冰淇淋，享受獨特的台南巷弄氛圍。

不過，隨著正興街越來越有名，觀光人潮湧入，附近房租也開始上漲。正如高耀威等移民所擔心的，正興街正面臨「仕紳化」的陷阱，亦即老舊社區營造成功之後，房價開始提升，反而排擠原本的住戶，原住戶負擔不起房租，只能搬離社區，於是社區失去活力，又回到營造之前的樣子。

果然，從二〇一八年開始，佳佳西市場旅店歇業，接著指標性的店家，如正興咖啡、彩虹來了、小滿食堂等陸續熄燈。雖然每間店離開的理由都不一樣，但店主們都不否認「房租上漲」是重要的因素。

最終，空出來的空間擺上了一台台亮眼的夾娃娃機。機台陸續蔓延，旅人穿梭，彷彿走在台灣千篇一律的老街與夜市。轉角的「廢柴樂園」還在，但活力與創意逐漸消失後，似乎變成了營造者自我解嘲的符號。

一切都讓位給地產大亨後，正興街也迎來無可避免的黃昏景色。

都市無家

現代化到來，榮景也隨之到來。但，人們去了哪裡？

一九一一年，台南市開始進行第一次市區改正，由日本人規劃的藍圖看來，大片的民房必須清空，讓位給殖民者的銅像，以及通往現代都市的康莊大道（又或者，置

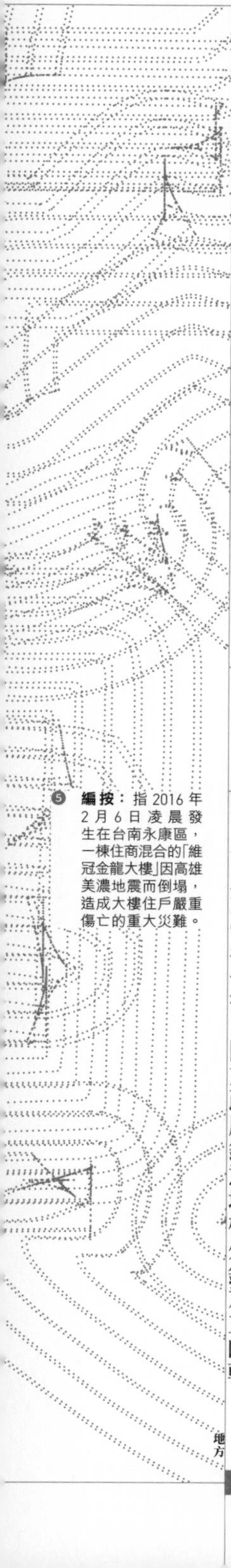

換成二〇一八年的地下鐵路東移），如同草原上的牧民遷居。

但，歷史沒跟我們說，這些被迫搬遷的牧民去了哪裡？

眷村拆遷的時候，領有居住證的榮眷得以換購國宅，但搭起違章建築的邊緣居民，拿到勉強的拆遷補償後，去了哪裡？是否移居到永康或更遠的某處新市鎮，在那裡城市牧民可以暫時安身，等待下一次都計榮景，下一次的逐房價而居呢？

有無可能，城市牧民終於搬進了一處位於永康的平價集合住宅，正在規劃未來幸福三房兩廳的裝修設計，卻無人提醒他們，其實台南在古老以前就是台江內海的淤積平原，特別是古地名為鯽魚潭的永康地區，並不適合高樓大廈。最終幾經思量，牧民們還是只能遷就經濟考量，卻在一次暗夜地震中[5]，被摧毀一切，包括那些簡單安居的小小期望。

這些牧民，最後去了哪裡？

末代稻農

台南不僅只有府城，也是原漢族群與米糖產業共生之地；都會與鄉村的距離，是一道困難的練習題。很早以前嘉南地區是一片稻浪，以及難以望穿的甘蔗平原。原本農民都望天祈求，雨水不能提早在稻花盛開時來，也不能清明過後都還滴水未降，農民雨澇苦，乾旱也苦。

一九二〇年代後期，日本學者磯永吉培育出蓬萊米之後，米價開始上漲；此時嘉南大圳也開始灌溉，水田激增三倍，嘉南平原成了富饒的米糖之鄉。但無論是在日本還是戰後的國民黨時代，農村始終處於被剝削的狀態，大多數農民如水牛一般辛勤勞動，所得卻僅能讓家庭勉強溫飽。

到了一九六〇年代後，因為政府銳意培植外銷為主的輕

⑤ **編按**：指2016年2月6日凌晨發生在台南永康區，一棟住商混合的「維冠金龍大樓」因高雄美濃地震而倒塌，造成大樓住戶嚴重傷亡的重大災難。

型加工產業，加上農村收入窘迫，大多數年輕農民開始離開故鄉，到城市工作。郊區的農田，逐漸變成工廠及平價住宅區，污水流進水圳，原本田間的泥鰍與青蛙，也隨著傳統文化一起悄悄消失了。

隨著全球化的腳步，台灣也在二十一世紀初加入WTO（世界貿易組織），每年都要進口十幾萬噸的進口稻米。後壁菁寮的崑濱伯，在紀錄片《無米樂》裡苦笑著說，現在的農民是「末代稻農」。農村彷彿沒有未來，和農民的身體一樣逐漸衰老。全球化後的農業未能產業升級，台南的鄉村地區，是否只能期待南科擴張，或搬遷新市政中心才能復甦？[6]

在地經濟萎縮，年輕人消失了，城鄉差距日益嚴重。台南作為六都之一，人口開始出現負成長，而且多數人都移入永康安南等地區，所謂「溪北」[7]等鄉村地區人口則不斷銳減。每年選舉，台南的政治人物都要為了「溪北邊緣化」的聲音焦頭爛額。只好耗費重金透過工程建設來告訴鄉親父老：政府很關心地方。於是道路越來越寬闊，公共建築也越來越宏偉，但年輕人還是沒有回來。

政府提供地方創生的救護方針，不知是否能讓地方恢復活力，但在差距持續擴大之下，地方還有多少時間可以等待？曾為米糖之鄉，但今天的嘉南平原越趨寂靜。實際上少子化已經導致學校減班，甚至縮編，曾為私立名校的柳營鳳和中學，國中部也將停招，教育資源一旦縮減，年輕人返鄉的意願就又更低。

《無米樂》喚醒許多台南人童年記憶，崑濱伯也讓社會大眾發現了農民的困境。近年來很多年輕人發現農村的困境，於是陸續返鄉投身各種社區工作，例如土溝社區的農村美術館。期待更多精采的故事返回農村，更多務實的政策翻轉地方經濟，期待更多稻作迎風開花，結穗成浪。

海廢終點

梅雨季節到來，間歇性的強風從海邊吹來，越過漁光島的月牙灣，吹進曾經是秋茂園遺跡的防風林。

二〇一九年六月，一群安平某國小的師生來到漁光島進行校外教學，有一名小朋友在沙灘上的竹屋下休息，不料突然一陣強風吹倒了竹屋，小朋友也不幸被壓死。

往前回溯悲劇的誕生，原來跟海廢有點關係。

二〇一三年，英國藝術家雨果（Hugo）發現台南海岸堆滿了漁業廢棄物，他想利用這些廢棄物做裝置藝術，於是獨力搭建了一座偉岸的裝置藝術「日落塔」，意外成了漁光島的地標，其他民眾也跟著在附近搭建臨時棚架。

二〇一八年，安平區公所曾經想要整理這些「違建」，但市民都很捨不得拆除日落塔，所以就保留下來了，旁邊臨時竹棚也因為議員關切，而沒有被拆掉。

6 **編按：**台南縣市合併後，前市長賴清德和立委郭國文候選期間皆曾提出將市政中心遷至大台南中間區域的「新市政中心」想法，以平衡南北、城鄉之間的差距。

7 **編按：**傳統上將台南地區分為溪北、溪南兩大部分，以曾文溪為界。

為什麼漁光島的沙灘，有這麼多的廢棄竹架呢？因為安平港附近，有很多居民用竹架搭設、綁上保麗龍的浮棚在冬季養殖牡蠣，每年春夏之交，牡蠣收成之後，就產生了很多廢棄的竹架以及保麗龍浮球，而民眾以廢棄竹架搭建小屋，一連串「無心之舉」卻導致了悲劇發生，考驗政府治理的能力，也提醒所有市民：漠視廢品管理造成的結果，比想像中來得沉重許多。

縱然臺南市政府農業局每年宣導，每年還是有大量保麗龍浮球跟竹架被遺落在岸邊，海浪一打，大型浮球就碎裂成微小垃圾，嚴重破壞了海洋生態。而假使這些海廢被海洋生物吃下肚子，又被漁民打撈上岸，最終也是進了人們的肚子裡。

關於地方治理如何面對漁業經濟？我們充滿疑惑，但答案似乎也逐漸顯現。

人、地、共生

二〇一九年春天，漁光島舉行了第二屆藝術節，美麗海灘上擠滿了人潮，遊客們一面驅逐海浪，一面欣賞裝置藝術，與日落塔合照。一群名為「重新思考」的團隊，則在五月時號召民眾一起趁假日到漁光島淨灘。短短兩個小時，透過兩百多人的同心協力，清出了超過一千公斤、堆積如山的廢棄保麗龍浮球。

與自然共生、與廢品共生，或許我們還來得及。

二〇一八年的選舉，台南龍崎區牛埔里里長陳永和，為了家鄉要興建一座掩埋場四處抗爭，求助無門，於是決定自己出來參選市長，結果意外獲得十二萬票。投給陳永和的選民，可能並不是期待他能當選市長，而是希望給站出來守護環境的里長一點掌聲。果然群眾點滴的聲音匯聚起來，變成了強大的力量，選舉結束之後，新任市長黃偉哲從善如流，停止了掩埋場的開發計劃。

如何看見他者，與廢品共生？雖然古都背後有太多我們看不到的，被遺棄的人物故事，但是開始關懷身邊的微小公共事務，就有改變的契機。從市民自力淨灘，到用選票保護了龍崎的生態地景，未來可能會出現更多平權社會，永續家園的想像與行動。我們可以翻轉廢品的定義，翻轉自我與他者的關係。■

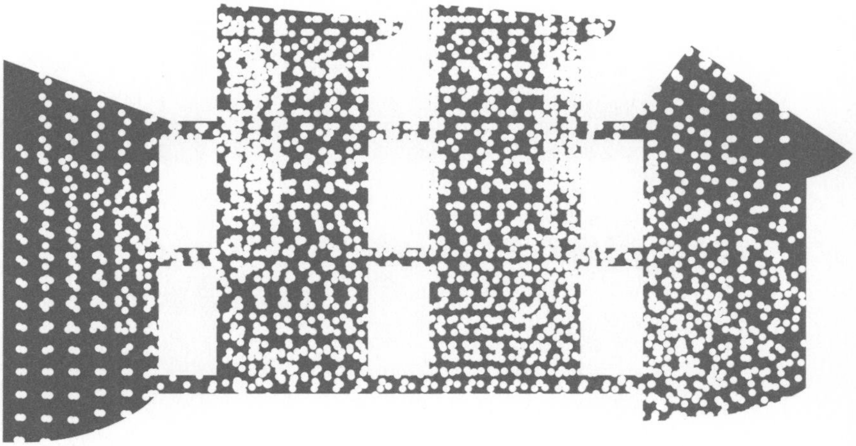

農林村美術館

文 江昺崙

中部人，目前定居在台南。政治大學台灣文學所碩士畢業，曾任職想想論壇、以及曾經在彰化縣溪州鄉公所服務。曾經參與過《史明口述史》、《這不是太陽花學運》、《終戰那一天》等書的寫作。

黃思農

引路人

一九八一年生於香港，兩歲隨家人來台定居。從小學習二胡，雙棲劇場與音樂創作。二〇〇二年與友人共同創立「再一次拒絕長大劇團」（簡稱「再拒」），並擔任團長至今。二〇一六年發展遊走於城市空間的「漫遊者劇場」，擅以「聲音」突顯城市角落，讓觀者獨自遊走，發現城市被隱藏的面貌。曾於二〇一五年台南安平樹屋演出《燃燒的頭髮》，以樹根為樂器；受邀參與二〇一九年臺南藝術節創作《感傷之旅》，啟發自日本模特兒 KaoRi 陳述攝影師荒木經惟長年對其勞動剝削和精神壓迫，於老爺行旅演出。

城市是由人組成，生者與死者。「生靈的地獄，不是一個即將來臨的地方；如果真有一個地獄，它已經在這兒存在了，那是我們每天生活其間的地獄，是我們聚在一起而形成的地獄。有兩種方法可以逃離，不再受苦折磨。對大多數人而言，第一種方法比較容易：接受地獄，成為它的一部分，直到你再也看不到它。」卡爾維諾（Italo Calvino）在他知名的《看不見的城市》終章[redacted]間。」

[redacted]「尋找並學習」。學習和那些「[redacted]亡者。黃思農更進一步，以眼睛之外的感官為方法，感受城市的一切，他打開耳朵，不只為了聆聽生者的話語，也不忘撿拾死者的記憶，「畢竟我們的記憶也很多來自於亡者，我希望重新取得過去與現在的連結，這當然也關乎未來。」

藝術╳凝視・想像

走進城市的方法：

為生者與死者的記憶重新接線

高中時曾在殯儀館打工，兼差擔任胡琴樂師；長期擔任黃蝶南天舞踏團音樂設計，納骨塔旁搭帳演出；以即死即生「憤怒挪吒」為概念為自己的劇團命名——在黃思農的日常中，「死亡」並不遙遠，他或許早就習慣以危險的「第二種方法」活在「生靈的地獄」，在那些城市的陰暗角落找尋被眾人遺忘的故事，比如台北萬華。

當過去的聲音 [redacted]

[redacted]青少年[redacted]觀眾忘記的事情[redacted]

「我的興趣在於把過去召喚到現在，造成一種衝突，讓過去聽起來像『現在的過去進行式』，這必須去建構幻覺，才能改變觀看城市的方式。」黃思農擅長透過聲音，讓觀眾戴上耳機的瞬間，就進入了一個虛實難辨的場所，在「漫遊者劇場」系列的萬華二部曲《日常練習：消失的動作》、《其境／他方》中，存在大量不在場／看不見的亡靈，觀者得追隨耳機裡類比錄音機的「聲音地圖」，獨自穿梭在萬華陰暗的角落，比如娼妓的旅館、住商混合的獅子林大廈……他讓死去的孩子、妓女、失去記憶的老人等角色，透過聲音在觀眾的腦海中「現身」。

對黃思農來說，亡者是逝去的人，擁有逝去的記憶、知識，「某種程度上，我也是在召喚與招魂。」

他是創作者，也是巫者，「在生者與死者還未割裂的過去，生者是繼承了死者的記憶活著，但在當代，生者與死者斷裂了。」在資本主義掛帥的城市運作邏輯中，死者不具生產價值，亡者的記憶都不算數，但對黃思農來說，只要活過，死者就不可能是無生命的，「我想處理生者與死者的關係，處理我們的記憶，畢竟我們的許多記憶也來自於亡者，我希望重新取得過去與現在的連結，這當然也關乎未來。」

黃思農帶著觀者重返自己一九九〇年代「混過」的舊城，以「聲音」召喚的不只亡者，還有空間的靈魂，讓被遺棄的城市空間講述自己的故事。但對他來說，空間本身不會說話、沒有聲音，「只有聲音能賦予空間顏色，改變質地。聲音摸不著、容易消逝，也容易跟過去有所連結。劇場與聲音是『連續的當下』，連結了過去與未來的『當下』。聲音有足夠的『模糊性』與『當下性』能產生其他的敘事策略，能讓意義質變。」

花時間摸索潛規則

空間的回響是當下，但他進入空間的方法卻是老派的慢火細燉，「時間。」他溫吞吞地說：「比起博物館，與當地人聊天、一起生活、參與他們的日常，是更有用的。」

「時間」幫助的不只是日常的探索，也讓城市的潛規則能夠浮現。黃思農回想跟當地人打交道的經驗，忍不住苦笑了起來，「萬華很跩，看心情做事。比如我去談場地，今天心情好答應了，隔天卻當沒這回事……」千辛萬苦談成了場地，後續溝通依然得提心吊膽，「我們租了一個旅館房間，那邊有在接客，當時隔壁房間也在進行交易……我跟他們說『我們來拍片』，他們也不奇怪為何有人一直進進出出，也不需要我解釋這個作品，他們在意的是，你會不會付錢，也會問我晚上會不會回去『拍片』，如果不會，他們準備把這個房間二租出去。」他聳了聳肩，下了結論：「萬華是一個必須去摸索江湖不成文規則的地方，這不見得哪裡都適用。」

但黃思農也承認此種長時間進入城市創作、在地方生活的經驗，如今是珍貴的奢望。近年他多半是帶著工作去旅行，以清楚的作品架構抵達他者的城市，並設計一些「工作坊」來認識地方與可能的合作夥伴。比如二〇一八年他以「後殖民食物與記憶」創作計劃，前往墨西哥一個月，「我邀請可能的合作夥伴一起做晚餐，透過這套流程去認識對方，聊天的交換會更快認識地方，也能避免成為一個他者觀看城市的觀光狀態。」

[redacted]他者的視線」[redacted]觀光刻板印象，[redacted]權力[redacted]創作者的凝視[redacted]殖民的視線從未缺席[redacted]視線。」■

文 張慧慧
現職編輯、採訪與寫作。新北市人。臺南觀光客。以前讀文學，現在寫藝術。喜歡走路、狗，以及跟狗一起走路。

走進城市之後：

為經以人
探驗藝
照記術
點憶家
及卓
南明
部的
創地、
傷方、

藝術×凝視・想像

引路人

卓明

本名林啓星，劇場編導、戲劇教育者。政治作戰學校影劇系肄業，主修電影和劇場，曾為《雄獅美術》月刊影評專欄主筆，編譯《影史上六十部偉大的電影》。一九八〇年與金士傑共同創立蘭陵劇坊，一九九〇年代轉往南台灣培訓表演藝術人才，開設演員訓練課程，先後與台南人、南風、魅登峰、黑珍珠等劇團合作。西元二〇〇〇年起，接觸身心障礙團體，發展心理劇場。

北/南之間

一來，因為十餘年前移居東部，二來，在這幾年開始接觸南部劇場之後，赫然發覺出了台北，中壯輩的劇場人多受到卓明影響，可是卓明偏偏又是個甚少自我論述的人；雖然林偉瑜的專著《當代台灣社區劇場》特闢一章節，專門談論卓明的訓練方法與影響外，但那也是二〇〇〇年就已經出版的劇場書了。

一般人都會把台北當作藝術發展的「中心」，但對像我這樣離開台北，當時甚至覺得不會再碰劇場的人來說，曾經是蘭陵劇坊主要的編導之一，並擔負一部分行政事務的卓明，竟毅然決然地「離心」，於一九九一年移住南部，而且沒有自己組團，多半以藝術指導、表演訓練講師的「啟蒙者」身分四處搧風點火，這樣的移動軌跡與劇場經歷，對比其他相近年齡段的劇場人，非常與眾不同，令人好奇。「各地方的劇場生態其實相互連帶」是我寫作本文的基本立場，因此當要討論台南劇場的時候，我以為從像卓明這樣，從台灣現代劇場初萌之際即參與至今，且難以縣市為地理單位切割他的歷程與影響的角色展開評論，理想上，也許會把台南劇場、南台灣劇場生態敘述得更立體，而且與台北的劇場生態不會相互割離，抑或簡單地用「資源分配不均」一筆帶過。

那麼，我就從一篇對談紀錄說起罷。二〇一八年十月，《藝術觀點ACT》雜誌上一篇〈有歷史的人：卓明的劇場實踐〉[1]引起南部劇場圈小小的騷動，因為這一篇由王墨林、卓明對談，主要聚焦於卓明從蘭陵劇坊到南台灣劇場實踐的軌跡與反思，在後段提出了「卓明南部創傷」[2]之說，讀來彷彿有問罪之感，畢竟既有創傷，便有傷創之源，可與其找頭替罪羊結案，我寧可借題發揮，藉此創傷掃照劇場的南來北往，劇場的八〇年代與九〇年代，以及其中的頓挫與流變。因為如果一個人的生命歷程兼有斷裂與延續，卓明的劇場工作在九〇年代移住南台灣前即於台北開展多年，「南部創傷」指涉的時幅若僅含括他自九〇年代移住南台灣迄今，那卓明為何還要住上二十幾年，不願提早北返？抑或，內裡其實包括了加倍拓寬，更難言及的時幅與精神地理？

你的業餘我的專業

且讓我們先回到一九九一年，兩個場景交錯的南台灣；一是台南市文化基金會開辦影響甚鉅的「台南市劇場藝術研習營」，二是文建會（今文化部）發布三年期的〈社區劇團活動推展計劃〉（以下簡稱〈推展計劃〉）。這裡的「社區」指的是非台北縣市，用意昭然若揭，可以說是以表演團體為單位，實施「表演藝術地方化」的濫觴，而背後則是文化本土化工程全面展開，無論從當時美術界掀起台灣美術主體性論爭，或接踵而來的社區總體營造皆可見一斑。

卓明在這兩個場景穿梭來去的身影十分顯眼，又是研習營的主要講師，又與爭取到〈推展計劃〉的南風劇場、台東劇團合作《高富雄傳奇》、《後山煙塵錄》、《鋼鐵豐年祭》、《封神榜》等大型製作，自此不輟，楊美英即曾細數曾至台南帶領表演訓練或共同創作者的非台南籍藝術工作者，進而提出：「……若著眼於表演訓練方法與創作理念的後續影響力而言，卓明乃重要啟蒙人物，成就值得肯定，是一個值得繼續研究的課題。」[3]

問題是，卓明離開台北、離開蘭陵，本有他對於台北劇場生態、蘭陵，逐漸變得商業、專業、與體制過度靠攏的不耐。另一方面，也曾回憶受吳靜吉推薦，與金士傑藉亞洲文化協會（ACC）獎助赴紐約修習時期，他很快就無法忍受百老匯的歌舞劇，反而跑去偏郊的美國社區，從業餘者的劇場表演獲得樂趣，這是否意味著，他心裡懷著某種業餘劇場的理想，準備到劇運正初萌芽的南台灣大展身手？

可是，從日後若干曾獲〈推展計劃〉的劇團負責人的談話歸納，其實出現不少自覺冠上「社區」就等於「被認為業餘」，不利劇團定位與發展的不滿聲音。在這裡，專業或業餘的區別，大致仍是以台北為模板，譬如，林偉瑜在「一九九九臺灣現代劇場研討會」的觀察：「……部分外台北劇團和創作者似乎對於北部媒體和學界認可的重視程度，超過以創作上的改革（此間改革非單指創新）來開發、爭取其在地觀眾的認同。」[4]或如卓明自述：「到南部訓練這些團隊的起源是因為當時南部的劇團一心向台北看齊，我很擔心這樣的情況，認為應該要啟發他們的地方特性。」[5]

換句話說，卓明由北往南，與南台灣現代劇場的對接，是否同時包括業餘劇場與專業劇場的錯接？這裡的「業餘」與「專業」，並無法採取嚴謹的定義，因為業餘劇場與專業

1. 該對談刊於《藝術觀點ACT》76期，周伶芝、郭亮廷與談，《藝術觀點ACT》編輯部整理，2018年10月出版。線上可見全文：http://act.tnnua.edu.tw/?p=4741。
2. 此「卓明南部創傷」的說法，為王墨林於同註1的對談中提及：「你的狀態是你剛從南部回來，對南部有點放棄了，在一種絕望、激憤的情緒裡，可以看到你的南部創傷……」
3. 楊美英：〈從歷史重演到眾聲喧嘩——台南小劇場運動的萌發（1989-1988）〉，《筆記光影——楊美英戲劇論述集》。台南市立圖書館，2003。
4. 林偉瑜：〈期待一次更有實質意義的劇場研討會〉，《一九九九臺灣現代劇場研討會成果集》。行政院文化建設委員會，1999。
5. 卓明：〈進入到蘭陵，是我人生的轉捩點〉，《蘭陵三十》。蘭陵三十籌委會，2009。
6. 同註4。

劇場存在相互依附的關係，此說的背景並不是兩地各自已然形成不同的劇場體制，實際上，當時現代劇場的開展根本還沒有多久，所以就連台北劇場的文化體制有沒有形成都有待商榷。但在卓明身上，業餘與專業似乎是以蘭陵的發展為標準，區分相對清楚。因此，區分這裡的業餘與專業，不是體制，而較像是「態度」。

誰的想像　誰的創傷

甚至，我以為九〇年代初劇場的北與南，非但不是「不同」，更可能是「趨同」；意思是，當卓明被台北劇場的專業化搞得很悶的時候，難道當時正要起步的南台灣劇場，就完全沒有專業化的慾望嗎？以至於，卓明由北往南的移動及與南台灣劇場的接合，會不會是兩種態度的錯接？

可如果不是要寫什麼卓明的傳記，兩種態度的錯接又怎麼樣？對南台灣劇場發展有什麼影響？寫到這裡，我先岔出去舉個例：身居外台北的劇場工作者通常會認為地域文化資源不均衡，台北在此語境裡，往往成了受到指責、抱怨的對象，可是就前述的敘述中，我以為在討論這一類城鄉資源差距的議題時，缺少了「劇場的都市化」貫串兩者，更甚，劇場的都市化不單屬於物質層面，也關乎「心靈的都市化」。

直到現在，我仍常在外台北縣市的劇場生態、藝術節場域，接收到一種模仿台北的慾望與想像，可是「台北的劇場、文化」究竟產生了什麼東西值得模仿，我卻捕捉不到，又或者，台北的文化難道不是時常模仿西方第一世界嗎？就像在文化圈當中，台灣知識的後殖民狀況一直需要不斷自我反省與批判，那麼，當外台北在模仿台北的時候，到底在模仿什麼？還是，從城鄉結構來說，我們始終沒有擺脫雙重錯亂、模糊的文化匱乏狀態？所以我非常不喜歡把某個縣市講成文化沙漠，事實上，我們更要面對的是整體文化沙漠化的慢性疾病。換句話說，從卓明的南部創傷思考「劇場的都市化」，毋寧是聆聽台灣文化的內在病癥的一個角度。

多在地才算在地？

這個內在病癥向外投射出來的一環，則指向「表演藝術地方化的未完成」。回顧更大型的政策資源分配，七〇年代以來，無論是「一縣市一文化中心」、「文化下鄉」到「（表演）藝術下鄉」、「文化中心改制升格為文化局」等政策，與其說是表演藝術地方化（去中心化）的進步，倒不如說是表演藝術地方化（去中心化）的遲滯，因為中央主管機關並非透過「平行的介入」將資源放給地方

（譬如，文化部在哪些縣市設立分辦公室或派遣辦公人員接觸地方民情、介入地方文化發展？）而是用最簡化的文化預算分配，或美其名平衡城鄉差距的修辭進行治理，從以前到現在仍未根本地改變「中央—地方」的支配結構，兩者始終無法協調。

可是，從地方劇團的角度探問，我們除了用「你是哪裡的團，我是哪裡的團」區分彼此「在不在地」之外，有沒有辦法以「是否建構特有的藝術語言」來對照呢？卓明在《蘭陵三十》回憶：「當時南部的劇團不太具有原創性，用北部表演過的腳本做為模仿的範本。我希望南部劇場從他們的環境、田調或情感去找到原創的素材，或引發與當地群眾情感互動的方式來完成他們的創作，我個人也不斷在推展這樣的理念。」[6]

於是，如果我們回到〈推展計劃〉期間，卓明與台東、南風劇團合作的作品，似乎都具有地方社會的都市化觀察、俗的語言、民俗的技藝等元素。類此的文本、場面調度，結合卓明突出差異個體的訓練方法，裡面是否有產生，或正在建構一種特異的，地方劇場的藝術語言？畢竟，回頭翻閱卓明的劇場工作年表，在文建會喊停〈推展計劃〉之後，他的主要工作幾乎以主持表演訓練、工作坊為主，幾乎不再有像前述提到的，擔任大製作的導演或藝術指導的機會，轉而面對不同的操作場域、不同的演員／學員社群，裡面又有什麼可進一步探究的轉折？

至少從物質層面來說，〈推展計劃〉由於所獲經費介於一、兩百萬之間，以當時的物價，經濟條件還能支撐至少半年，包括田調、訓練、集體創作、劇本編寫等過程在內，現在看來缺乏效率的製作模式，但此計劃屆滿三年文建會便喊停，一切退回原點。不過我以為思考這問題的重點並不能止於資源分配，而是資源分配與劇場、文化環境整體部署的連動關係。

因此，卓明南部創傷作為劇場問題，不只關乎卓明為何受傷，創傷從何而來；更關乎，八〇年代迄今，劇場的許多問題一直懸而未決，在專業與職業的慾望驅力下，一再為我們視而不見。■

文
吳思鋒
一九八〇年生，台北人，現居東部。在社會中劇場，在劇場中寫字。劇評人，澳門《劇場．閱讀》副主編。

激點
G MOTE
現製美食

空間對眼：

策、展、走、讀、筆、記、

游擊

周伶芝

二〇一九臺南藝術節策展人。策展、藝評、劇場編創、構作顧問、文字工作者、劇場美學與創作相關課程講師等。為書籍與雜誌企劃專題，規劃講座與工作坊。以不同角色參與各藝術節、戲劇和舞蹈製作。揹登山包在城市間移動的斜槓人。

郭亮廷

二〇一九臺南藝術節策展人。國立藝術學院（現國立臺北藝術大學）戲劇系學士，巴黎第一大學美學系學士，雷恩第二大學劇場研究碩士。現為國立中正大學中文系兼任講師，藝評人及譯者。文章散見於《表演藝術雜誌》、《今藝術》、《藝術觀點》等刊物。譯有《疊韻》、《無用之用》、《與脆弱同行》等書。

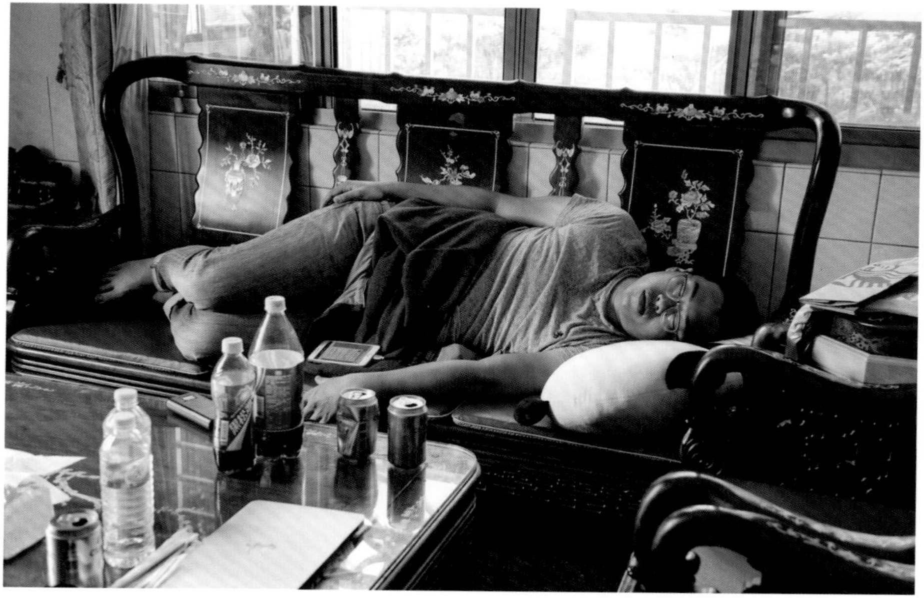

[redacted] 解放 [redacted] 風景邏 [redacted] 陪伴著我 [redacted] 反覆 [redacted] 搜索 [redacted] 迷霧中 [redacted] 詭異 [redacted] 絲剝繭 [redacted] 失蹤的 [redacted] 反日常 [redacted] 暴露 [redacted]

藝堂

Local 1916
0929-252525
夢の屋
夾客同萌
選物販賣店
キャッチャー
vending machine
자동 판매기

06-

168
各國名貴

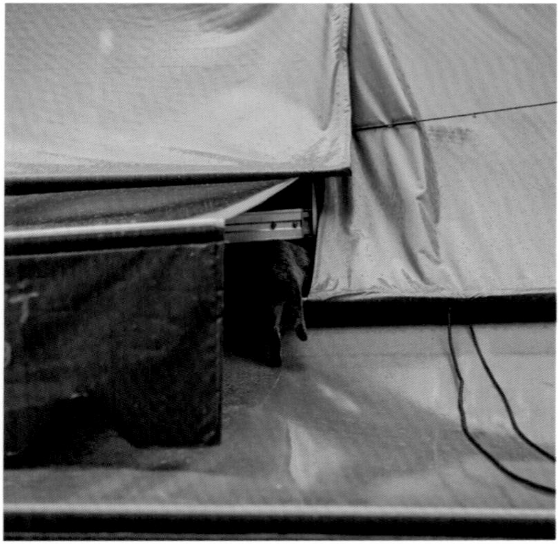

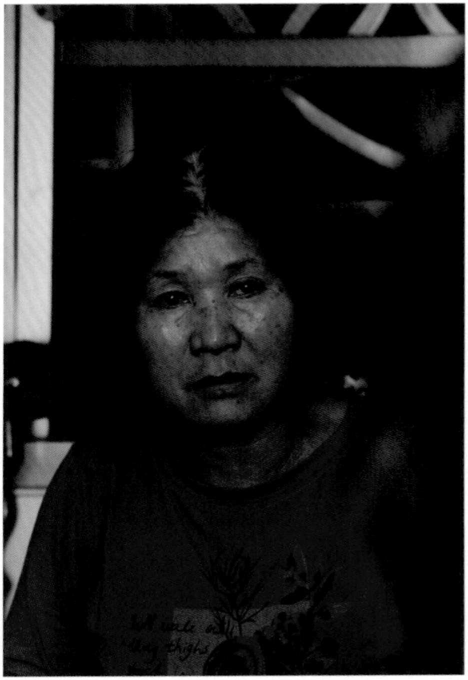

群

0689LW

據說大梵之神齡已屆100天界年。(每一天界年等於人間360年)
膜拜禮儀
弟子○○○ 僅以萬分至誠,向天界至尊大梵天王座下,敬呈供品,敬祝大王聖意順遂,保祐弟子○○○ 身心愉快,事業成功,不受疾病困擾,延年益壽,萬事稱心如意.....(如有其他膜拜詞可繼續唸下去)。
許願儀式
弟子○○○ 謹以萬分至誠向天界至尊大梵天王座下奉獻各種祀品,願天王聖意順遂,乞望保祐(陳明欲求保祐之詳細內容).....如事業成功,弟子○○○ 願奉獻.....(說明奉獻物品)以表崇敬之至忱。
還願儀式
弟子○○○謹奉獻.....(還願供品)....予天界至尊大梵天王座下,有關前所許願.....(詳述許願內容).....現已成功,謹祝天王聖意順遂並接受弟子○○○ 還願,保佑弟子 平安.....(隨後祈求)。

KYMCO

氣達鯤鯓

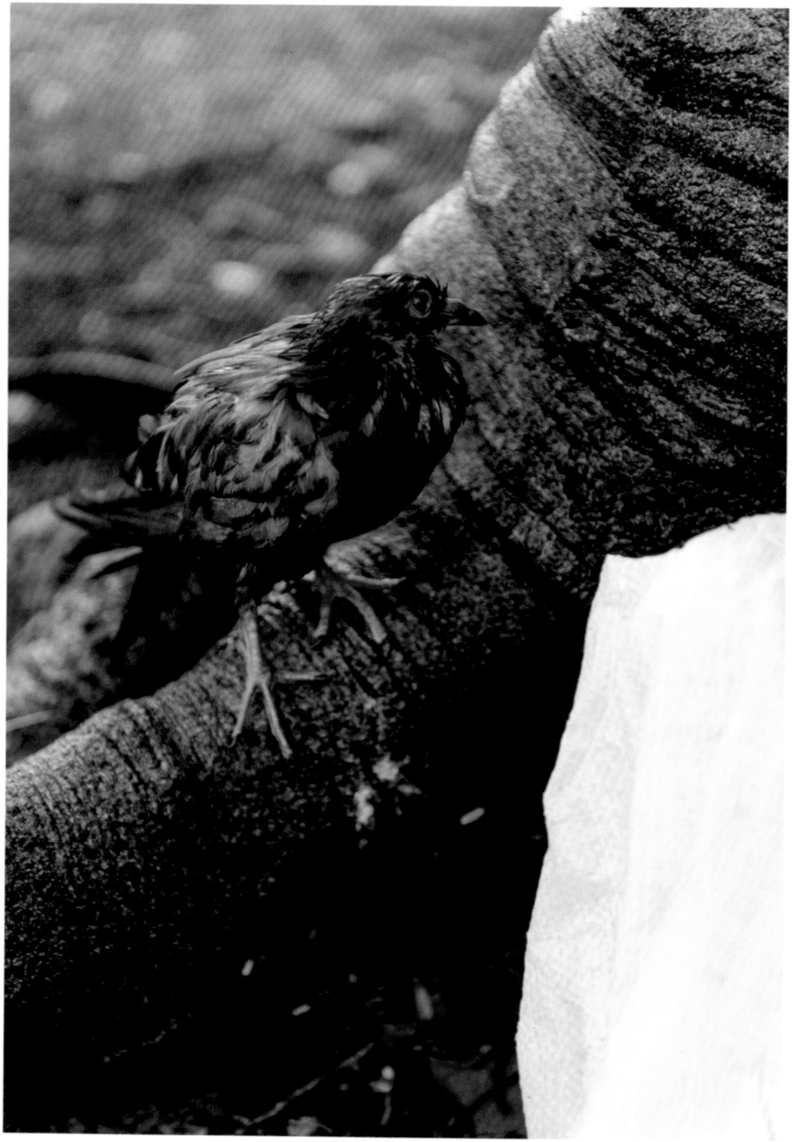

鄭
媽祖宮鹿耳門天后宮
鄭成功號
慕光2
36
1558

ELEVEN
ELEVEN

保
自助式 KTV
11:00~14:00
7:00~20:00
大回饋 只要
39

激點
G MOTE
現製美食
獨家口味
新宿
長野店
章魚小丸子

看不見的城市：城鄉移動中的尋溯

「空間對眼」是我們為了策劃二〇一九臺南藝術節，啟動的一個初步調查工作。我們對於一座城市的特殊性格，一點不感興趣。台南從來不慢活，巴黎從來不浪漫，羅馬從來不絕美，上海從來不摩登。我們關注的是，當我們將城市定性定調之後，當我們這樣談論城市的時候，我們排除了什麼？是那些不摩登、無法慢活、不夠美的人們？是哪一部分我們不想看見的城市？

艾拉・卡茨納爾遜[1]在《馬克思主義與城市》*Marxism and the City* 裡指出，過去，城市因其人口混雜、生活和工作地點四分五裂，在「是否構成一個社會實體」這個問題上有疑義，而不被承認是一個思想的對象。今天，某種程度上倒過來了，城市和城市之間越來越像，都在從事城市行銷、打造城市品牌，動用差不多的話術和形象工程，吸引觀光客和投資者。正是城市和城市間彼此迫切地做出區隔，才使它們日益相像。這就如同卡爾維諾（Italo Calvino）在《看不見的城市》*Le città invisibili* 最終章裡描寫的：

當城市耗盡了它們的變化並走向瓦解之時，城市的末日就開始了。在地圖集的最後幾頁，網絡如水一樣地傾泄開來，無始無終，城市的形狀，是洛杉磯的形狀，是京都—大阪的形狀，是全無形狀。

卡茨納爾遜因此自問：「在二十世紀末，城市本身已經變得蔓延開來、模糊不清（像偉大的可汗地圖集最後幾頁上的城市），甚至也許走到了根本沒有構成一個有意義的範疇的一步。」如果城市在過去因其碎形、異質性而難以被定義，今天則是因其無邊的同質性而喪失意義。

從表演的角度來說，當城市間產生一種表演慾的競逐，爭相提升國際間的能見度，表演藝術能做什麼？城市藝術節，可不可以不要是城市行銷的藝術市集，而是城市批判的節慶？為此，我們擴大地理移動範圍，以府城為座標向外擴散，跟著藝術家和攝影師，評論人和文化局的公務員，去看見那些城市所排除的碎片。小說中的馬可波羅說，他的城市旅行包括去蒐集那些消失不見、以便讓位給一座城市存在的、城市的灰燼。我們在做的可能也是如此。[2]

[1] **編按**：Ira Katznelson（1944-），美國政治學家與歷史學家。

[2] **編按**：本文與後〈空間對眼〉6 篇文章原刊於《臺南藝文》雙月刊 2018 年 5 月號至 2019 年 10 月號。

火、車、

↓火車和捷運很像：都行駛在軌道上，都是一節接著一節的車廂，都是一般民眾通勤、上下學的交通工具。喔不，最後一項對也不對，火車有區間車，但也有環島鐵路啊！這麼一說，火車和捷運的確是大不同：火車上可以吃東西捷運不行，火車上有廁所捷運沒有，捷運是一個禁慾的空間，湯汁不沾，屎尿不染，它乾淨、明亮到近乎聖潔，因此城市首長喜歡興建捷運系統，代表文明。相較之下，火車總是帶點陰影和溼氣，不只經過山洞和海岸，還穿越廢耕的田地、乾枯的河床、關廠的工廠、濫墾濫建的山坡、屋宇傾塌的鄉下地方，那些被政治人物和大眾媒體放棄的景觀。

寫過《巴黎地鐵上的人類學家》的馬克・歐傑（Marc Augé），有句話用來形容台灣的捷運和火車也很貼切，他說公路和地鐵系統在今天的都市規劃底下，通常行經的都是精華地段，汽車和捷運車廂就是用來觀賞都市立面的、移動的觀眾席；火車則是從房屋的後方經過，貼著違建戶、臭水溝、空屋，而且速度常常很慢，彷彿城市發展所排除掉的都被慢速播放回來。火車是另一個觀眾席，它在城市的背面移動，在反面旅行。

去東京鐵道藝術節回來的朋友，提到過一個電車劇場的演出：觀眾分別走進三節車廂（選定車廂之後就不能換了），每節車廂有一個演員，一開始他喃喃自語，接著擴音器傳來另一個聲音，才知道他在和另一節車廂的演員對話。我沒細問故事講什麼，直覺它多半講的是孤獨。關於孤獨，歐傑說地鐵裡的是一種「複數的孤獨」（solitudes），每個人以自己覺得自在的方式，把自己關在人群裡，閱讀、聽音樂、傳line、滑手機，就像連結的車廂彼此隔絕。

那火車的孤獨呢？有一回，我坐上一列快要發車的區間車，車廂內的擴音器壞了，明明列車在台南站靜止不動，它卻重複廣播著：「台南站快到了……」好像火車永遠到達不了台南似的。停靠在月台邊的火車，卻永遠抵達不了城市，單數地孤獨著。

地下道

→如果說，火車帶有一種散文式的移動觀看，在城市的背面述說風景的孤獨，地下道則恰好為城市底面拉出沉寂而空蕩的呢喃，過路人難在其中找到佇足凝視的自由。或者說，地下道強烈的過渡空間性質，讓行人養成不自覺快速通過的身體機制。地下道裡，一切一目瞭然，卻彷彿都不值得記憶，身體穿越、感受集中，然而，大多數人恐怕不想留下和這空間相對應的感覺的痕跡。這是一個在日常裡也許必經、但切斷生活感、如同頓點的空間，在身體上下移動之際，懸置了地面上的天光和塵囂，開啟暫時性的封閉，卻弔詭地為身體帶來細微的異空間體驗。

在台南火車站要跨越鐵軌、往來前站與後站的移動方式，便是走地下道。這裡的地下道，即使是午後，也能一直見到三兩行人陸續經過。但儘管如此，兩條一短一長平行連接起來的地下道，仍有一股冷清的氣氛，以及迷宮似的視感。冷清或許是因為，風景在這裡消失了，狹長的通道，方向單一明確，視點無從躲藏；在沒有物與景的通道裡，人的身體容易成為焦點，觀看的關係，也多了份局促的強迫感，無論是要佯裝大方或拒絕或無視。

但是，地下道裡真無風景可言嗎？街賣者的身影和叫賣聲是其一，賣藝的歌聲和琴聲是其二。偶爾巧遇的背包客，是流浪在新時代的表徵，也供在地人重新遐想外人眼中自己的城市。那些零零落落、迴盪的耳語，在地下道裡形成祕密結社般的聲景。打造城市的人或許過於執著它的功能，忘卻走入地下的曖昧可以予人種種想像，使得地下道始終冰冷單調。這個暫時性的阻隔與穿越，不正好成為一部科幻小說的開端？也或許因此，兩端有著上下階梯的地下道，像是一艘擱淺在城市地表下的船艙，成為無家者遮風避雨的避難所。這群地下家族在無奈之下，賦予這裡既古老又當下的故事。他們井然有序、安排妥當自己的棲身之位，將睡眠時所窩居、僅有的依靠，不管是紙板或睡袋，以跪姿悉數折疊收納好，彷彿是他們恭奉的神祇，一旁伴隨著絨毛娃娃或歷史小說，在過去與未來之間還能保有短暫的夢遊。

他們行乞和工作的場所，仍然是上到地表的城市、進入人群，而人群只過渡不停留的地下道，收容這些幸運女神漏接的生命，在此等待，等待不知何時能和那群高中生一樣，嘻笑地與貧窮擦身而過、拾階而上，在地面的出口迎向青春的日光。歐傑形容行乞者是日常星河裡的黑洞，從「令人暈眩的反面」象徵社會的整體。地下道好比經濟戰爭的防空洞，在此處的夢遊，也多少幫我們指認出某些關於這座城市的慾望和縮影。

巷弄、

大馬路和人行道如果是城市的伸展台、行走時的門面，那麼巷弄，無疑是後台，而且是可供人遁逃或迷路的隱身之處。尤其是在巷弄裡，特別能夠看到住民寄居於城市縫隙時，用盡各種拼裝手法以延外搶地、善用空間的生活智慧。巷弄因而成為更有看頭的日常祕密展現台，以不同的景框滿足窺視與闖入的漫遊。

班雅明在他的《柏林童年》裡寫道，「對一座城市不熟，說明不了什麼。但在一座城市中迷失方向，就像在森林中迷失那樣，就需要學習。」在大馬路上，我們不容易迷失，許多醒目路標幫助我們一再重回人行道。或者說，即使迷路，我們仍在城市規劃的主要空間裡，所有的指示都在幫助我們定位。真正迷路的，也許是被捲入城市機制化、疲憊與迷失的心。巷弄，卻提供了一個分歧的起點，如不想循規蹈矩地沿著筆直的大路，便要讓自己在某個看來陌生而神祕的巷口，勇敢且隨意地彎進去。這個偏離、轉彎的步伐，通常帶有蠢蠢欲動的反抗意味，暗藏著想讓身體暫時消失與磨蹭的潛在動機。即便那可能是條死胡同，也讓身體在一個半封閉的空間裡，有體驗撞牆且迂迴的機會。

巷弄因而也許可以做為班雅明口中「迷失」的一種方法，就算穿越巷弄是在慣常的路線上，也能帶來抄小徑或延緩時間的戰術快感，巷弄改變了城市車水馬龍的時空感。班雅明也寫道，「城市深處的小巷必須像峽谷那樣清楚地映現每天的時辰。」巷弄裡的空間是層疊流動的，廚房炒菜、午後麻將、晾在窗台上的內衣褲、一對偷偷摸摸的男女，都是在狹長小巷裡的私密風景。緩緩穿越時，和一旁的屋舍有種摩擦的親密，也在奔竄過後，將寧靜留還原地。巷弄因而予人類似情色的想像，行走其中彷彿一次似有若無、曖昧的撫觸，防火巷或摸乳巷都讓人進入陰翳的聯想。

那麼，在巷弄裡，突然看見一處傾圮、荒草野花蔓生的棄屋，不更像是場神祕的夢遊，與消失的光陰單獨且親密地重逢，造就一個夢境的地理。

人行道

→還在法語學校唸書時，有一天學到「人行道」這個詞，trottoir，班上一個伊朗來的政治難民，我們私底下叫他小鬍子先生，盯著課本上的單字和插圖，覺得非常困惑。

「這個『人行道』，到底是什麼？」他終於忍不住，轉頭小聲問我。

大哉問。「人行道就是馬路旁邊給行人走路的空間哪」，我指指窗外，「里昂街上到處都是啊。」

里昂（Lyon）是我們到法國的第一站，有著各式各樣寬窄不一的走路空間，從市中心的商店街就是一大條行人徒步區，到座落在山丘上的紅十字山（La Croix-Rousse），那裡曾是十九世紀法國最大的工人城寨，卻和二十世紀六〇年代都市機能主義規劃下、巴黎市郊整排水泥方塊的工人集合住宅很不一樣，小徑在樓房之間蜿蜒，忽然就闖進一棟公寓的四樓，下到一樓穿過天井出去，又回到陡峭的坡道上。還有老城區裡的胡同（traboule），一扇門的後面，你以為是人家家裡，按鈴推開門一看，是一條窄巷，只是用門和屋頂偽裝成房子的模樣，據說從四世紀到十九世紀的紡織工革命、二戰期間的地下反抗運動，都發揮了祕密通道的作用。可以說，里昂是一個由各種行人空間構成的多孔隙城市。

小鬍子先生不是不知道這些。他又問：「那你的國家有『人行道』嗎？」
「有啊」，我對他的疑問感到更多的疑問：「伊朗沒有人行道嗎？」
小鬍子把頭歪了歪，說：「我不知道，伊朗現在路上車子很多。」

多年後，無論是走在台北還是台南，我常想起小鬍子的疑問，因為我們都知道，其實台灣的人行道經常被機車、廣告看板、買手搖杯的隊伍霸占，或是被工地的圍籬隔成此路不通，我們經常是繞道大馬路上、閃避著車輛疾行。小鬍子是對的，我們其實沒有「人行道」，這裡城市的人行空間一直是破碎的，可以隨意被徵用、被隔斷的。小鬍子問的不是一個詞的意思，而是一個實際在生活當中存在的空間體驗。

這樣的體驗在台南顯得特別斷裂。沒錯，台南的巷弄特別發人思古之幽情，但是對比之下，大馬路旁的人行道就格外難走，可作為古都對於現代化建設的漫不經心之一斑。

糖、廠、

↓我哥嗜吃甜食，有個早晨見他沒吃早餐，抓著一包糖果就喀嗞喀嗞地吃了起來。我說，欸，大叔你小心得糖尿病；他回道，我屬螞蟻的啊。可沒想到，這隻螞蟻到了台南，居然大呼：「台南小吃實在太甜，我受不了！」

羅蘭．巴特曾言：糖很暴力。我們在仁德糖廠看到了巨大的煙囪、鍋爐、廠房，如果從這些大型機具去透視糖的現實，就會發現糖真的是一股生命中不能承受之甜。

信手剪裁幾段糖廠的歷史。我們都知道，台灣的機械化煉糖廠，是日治時期的日本財閥為了食品加工業的擴張，而投資興建的。這些資本家參考福特「企業是更美好的社會」的福利資本主義（welfare capitalism），保障員工在工作之餘享受充分的休閒時光（這樣才能恢復精力去上班，更重要的是，才有空閒去消費他們生產出來的商品，把工資繳回老闆的金庫），於是在糖廠附近規劃了宿舍、公園、餐廳、澡堂、診所、福利社、小學，國民黨統治之初還設立了讓糖廠子弟免試升學的初中。

上面列的雖然都是殖民者的統治手段，但是被殖民者多少也嚐到了甜頭，可是甜蜜的代價在後頭。糖廠裡的勞工清一色是台灣人，管理階層則多數是日本人，而糖廠社區也複製了這種族群隔離的制度，上述那些設施幾乎都在日本人住的官舍區；到了戰後，官舍住進大陸來的新官，本地糖工始終待在社區外圍。別忘了還有更外圍的蔗農。一九二五年，彰化二林的蔗農正是不堪製糖廠方的長期剝削，起身抗暴，釀成「二林蔗農事件」，引發日後一連串的農民運動，以及日警對於農民組合的大規模逮補。

糖裡有血腥的甜味。這和羅蘭．巴特的那句話遙相呼應，那是他的攝影論《明室》裡的句子。巴特寫道，人們多以為家庭相簿是回到往日情懷的時光通道，其實相片是把流動靜止、把時間堵死的死亡標本。看似甜蜜美好，其實是死亡暴力的糖衣。喜歡從台灣糖業歷史，發揮美好年代的想像者，特別是藝術家，不可不慎。

紙廠

→時光也有無奈的時候，它在某些空間裡靜靜自成一格，卻不懂世間變化如何不願與它再緩慢些步調以共存。幾處窗玻璃破了洞，一落落待裁的紙如同圍城，有些層架顯然經年未動，垂掛的紙張好比大片大片枯黃的葉，只是久無風帶其遠飛。

時代在紙廠外更替，廠內貼在窗戶上遮陽的月曆紙，倒像是以最後的頑固抵擋颱風。紙廠堅持幾十年的傳票封面，是一無名、無來歷的日本年輕女子，辦公桌前靜素典雅的裝扮、轉身羞澀微笑，卻不知另一頭是否能見來者、有人等待。僅剩幾位老員工耕耘自家花園一般，在小收音機報氣象和賣藥的電波樂聲中，細細摺頁、穿孔、縫線，為的是一本帳冊經得起反覆攤平、翻頁對帳，如此基本的功能考量已幾近體感照顧的執著。然而老派質感越來越乏人問津，無意間呼應了紙的末途。

安伯托・艾可將書寫稱為「植物的記憶」，著眼於莎草紙由植物製成，書的拉丁文原意為樹皮，且書本會老，除了內容，還有屬於物的實體記憶，有和時間磨蹭過的「歷史香氣」。因此，對艾可來說，閱讀不僅是想法的運動，更是一種觸覺的經驗。那麼，紙廠何嘗不是以植物作為文明歷程之重要轉折的象徵空間。

紙廠是將植物模塑為記憶載體的場所之一，從野性逐步轉化為歷史細節得以傳承、復刻、變造等的可觸之物，就連時間在其上的作用力都可辨別，成為我們和歷史之間的具體距離。從植物角度來看糖和紙，可窺見帝國生產鏈的關聯。「臺南製糖株式會社」於大正七年（一九一八）興建宜蘭二結糖廠，同時創立製紙工場，回收甘蔗渣來製紙，主要生產新聞紙，兼製文化和工業用紙，是當時東南亞產量最大的造紙廠。糖廠和紙廠的聯手興盛，脫離不了權力統治技術的框架。竹子、筍殼、檳榔樹幹、鬼芒、藺草等，人類以植物鋪展出一條複雜的殖民之路。

一間樸實細緻的老紙廠，登記為台南市第二號工廠，拉門、窗框還透著檜木香，在文件電子化、小型文具行的消失等夾擊，桌上還躺著線裝的冊頁，待書寫的未來。

縫隙／死空間

↓公園路上，台南的老牌百貨公司之一大遠百娛樂城，背後緊鄰著「台灣四大名園」之一的吳園。可是這裡想談的既不是老遠東百貨，也非吳園，而是夾在兩者中間的一條小徑。你可以從面向百貨公司的右側，往內拐進一條雜草叢生的窄巷，那裡有一扇鐵門，通常是不知道可以還是禁止通行的虛掩著。別管，你推開就是了。

你會看到這條死巷裡，隱藏了一道縫隙奇觀：左邊是娛樂城的逃生門，雖然這個僅能容身的地方明顯不利於疏散人群，一旦意外發生，那是一扇開著卻逃不出去的假門；右邊是吳園的後門，門楣掛著刻上「吳園庭榭」的牌匾，可是鮮少有遊客會闖進這裡，所以那是一個不可見、被消失的假門面。

在任何一個懷舊的城市，比如巴黎、雅典、京都，或是上海，這都是難得一見的景象，原因很簡單，古蹟保存是老城區最重要的形象工程，而歷史建物，就是博物館化的都市裡的重點展示物。因此，古蹟總是盡可能被打造成觀光客環繞凝視的對象。所謂觀光景點，不外乎一個由四周圍向內監控的圓形監獄（Panopticon），也就是利用觀光客的凝視，將建築、街廓，乃至於整座城市，凝結成一個時空標本，一個可以凝聚觀光財和國族認同的寶物。於是，台南公會堂、司法博物館、台灣文學館，乃至於遍布台灣的巴洛克式殖民建築，全都一塵不染地很新的舊著，供人緬懷日治時期的台灣摩登初體驗。

可沒想到，娛樂城和吳園之間的這條死巷，令新舊之間的衝突乍洩。娛樂城所代表的開發勢力，和吳園所代表的文資保存勢力，在都市兇猛的爭地。結果，就出現了這個高度擠壓而成、逃生不得、觀光也不能的縫隙，一個被留出來意思意思、卻什麼用途也沒有的，死空間。江南園林和百貨大樓就這樣被局部肢解了亂葬在一起，何其魔幻又現實。

縫隙／假空間

→有一種城市的縫隙，是暫時性的，一整排街屋因為那棟獨自消失的房子，而產生一道孤零零的縫隙。通常要經過時恍然巧遇，有時恐怕還不見得意識到，為何行走的身體突然間感到一陣落寞和空白，這才發現，曾經在這裡實實在在的房子早已煙消雲散，像一塊被切走的蛋糕，徒留一片空缺。

都市改造的過程中，總有一些提早從現役隊伍中除名的房子，那片空缺突兀地出現，又默默養地待沽，等待整併。拆除對象往往是台灣典型的中古公寓，也因此形成一道狹長的畸零空地。空地的過渡時期，命運不外乎三種：總是有低矮圍籬、難以親近的小公園，考驗技術的擁擠停車場以及野草蔓生的荒棄。小公園的設計早已模組化，植物不受照料、有生長限制，公園以綠化美名霸占空間，一付隨時棄守的姿態，是個占地意味濃厚的假空間。

停車場的善盡其用、過渡期的功能性，同時展現了空間的資本條件和乏味想像。然而在這裡，有個夢境一般的回憶之痕，在草率動工之後僥倖留下，訴說都市的宿命，描繪記憶的影子，那就是牆面上舊屋的格局痕跡。倘若視線沿著那些拆除後沒有處理乾淨的牆面連連看，將可重現過去舊屋的內部格局：這裡是通往三樓的樓梯、那裡有座浴缸和洗手檯、後面有三間房……驚人地望見一場家庭生活。日本的路上觀察學將這些痕跡稱為「原爆」，讓人不得不聯想整座城市都在經濟戰爭中，不斷挖空與失憶、不斷生出幻肢。

「原爆」的牆面，充滿幽影，介於現實與回憶之間，動人之處在於牆面再無遮掩，視覺在不確定中，彷彿接觸了荒蕪的中介區域，也得以凝視回憶的朦朧浮現。而這種精神的地理詩學，在畸零空地的第三種命運裡表現得最淋漓盡致。法國小說家莫迪亞諾，總是透過一場神祕的消失案件，帶出這一「瞬間的自然」，植物肆無忌憚席捲，將蠻荒帶回城市，於隱蔽的空地裡，感到漂流的慰藉。

空、氣、

↓「霾，以其瀰漫狀態取消了空間差異，卻使空間破產了。如同車諾比一樣，霾使空間走向死亡，卻保持其外觀的完整。因而，廢墟內化了，廢墟化進程內在於空間之中；「多少人每天醒來時進行了精神空間的修復重組，以便在新的一天重新投入廢墟中的生活。當生活劇場本身成為毒氣室，『生活』一詞也就非常可疑了。」

上面文字，摘錄自大陸紀錄片導演叢峰的《地層2：軟流層》，他應台灣紀錄片工作者曾涵生之邀，二〇一八年底來台參與臺南藝術大學主辦的一系列交流活動。在這幾行格言般的字幕底下，搭配著霧茫茫的霾害景象：行車紀錄器拍攝到汽車在濃霧中的快速道路上奔馳，彷彿衝向一面永遠穿不透的白牆，而晨間上班上學的路人，就像行走在火山灰覆蓋的災區；無人機巡經的空拍畫面，則是一段又一段幾乎看不見城市的鳥瞰圖，彷彿城市在一張過度曝光的照片上消失了。

面對這些交雜著恐怖和詩意的當代霧中風景，台灣的我們並不陌生。大陸霾害的影像在這裡廣為流傳，以至於政府一發布今日空氣品質不佳，我們立刻認定是被大陸害的。事實上，根據環保署二〇一六年的報告，台灣的空氣汙染源只有三分之一來自境外，大部分是對岸飄來的PM 2.5沒錯，但韓國和日本也小有貢獻。可是有圖有真相，圖片總是比數據更「真實」，因為圖片有奇觀性，霧霾籠罩下的大陸城市景觀成功地將台灣空氣的汙染源轉出境內。

看過不少戴防毒面具出門的照片，但我第一次親眼看到，恰巧是在台南火車站前。還有，公車站的候車亭也可見到跑馬燈上寫著：「今日空氣品質不良，請減少戶外活動，出門配戴口罩防護！」而且好像每天都這麼寫，從沒看它不跑過，難道每天空氣品質都不良？半信半疑之間，我們的呼吸不知不覺變淺了，畢竟空汙就像跨國資本在全球快速移動，空氣中夾帶了太多可疑物質，我們得換個方式呼吸。我們好像即便放棄呼吸，也離不開城市。

叢峰的影片這樣說霧霾裡的都城：「像永久沉沒於海底的城市，需要用不同於陸地的方式呼吸，需要適應晦暗的視野，遠方不復存在。」

游擊

水

→城市向來被定位在自然的對立面，彷彿它是受荒野所包圍的水晶體，兀自在長夜中打造永晝。但城市依舊是個生態系統，依賴各種輸入輸出，儘管輸出的往往是汙染物。耗用能源的情況下，城市的運作直接影響環境的調整。如果說水是基本的生命要素，淡水可得性是都市成長的決定要素，水文循環必定會成就生態的樣貌。只是，水過於日常、過於便利，為了要暢行無阻地進入每戶人家，它的存在反倒潛進地下、埋入管渠，在城市裡默默隱形。

無論城市如何偉大，行走在造景水岸的同時，也必然行走在屎尿毒物滿溢的惡臭水溝之上。或許可說，每座城市底下都有一片錯綜複雜的恆河之網，縫隙裡滲透的愁苦、悔恨、奢侈、貪婪，最終都隨滾滾濁流沖向海洋、侵蝕珊瑚，那些塑膠微粒將取代砂礫、取代微生物，造就未來的生化神話。而每座城市也正經歷著沉陷的惡夢。

每座城市都有海水的記憶、遺忘的河流。一場地震才又讓古地圖上的鯽魚潭再度浮現，讓人驚覺城市的過往，腳下的土地仍有潮氣。中國城的拆除和舊魚市場原地保留的爭取，述說運河與陸地的雙人舞。魚市場獨特的開放式廊列建築，對應「船溜」的港口故事，船進船出、上下搬運漁獲，建築留下了勞動身體和水的關係印記。中國城則是又一次填海造陸的片斷，人類生產與掠奪的妄想寓言。

水的遺跡，則隱藏在街巷與地景之間。水文依地形迂迴漫流而成，沿溪流而建的街屋聚落也跟著蜿蜒，彎彎曲曲的街巷和高起的房子地基，讓我們有機會想像行在古水道上。帆寮街曾有點點漁船帆寮，溝仔底和水流觀音巷保留水文的描述和傳說，街名像禮物，給我們遐想空間。但大多時候，人們不知道那某條並非水溝，而是最早穿過城市的溪流之一，卻在都市更新的過程裡，改造為箱涵化地下暗渠。它曾是曲折的繁生之水，面對開發土地比水更具資產的時代，它成了消沉的邊緣之水。如今城市的現實是濾水器和加水站，水往更底下，地下的水卻又被抽起。城市的夢愈是繁華，愈快帶回海水。

↓路經圓環，即使匆匆一瞥，都可以看見一座城市在那裡煥發著舞台感。圓環總是讓人感受都市很劇場的一面，但這座舞台上演的是誰的戲呢？鬧區的行人徒步街道經常被比喻成伸展台，那是服裝和身體的秀場，但圓環是一個彎曲的通道，趕路不會讓人有心情好好的看與被看。同樣的道理，圓環通常圍繞著一圈很有看頭的建築物，不但每一棟樓房的高度齊平，立面還沿著圓弧砌成向內凹的動態，活像一種圓形的建築舞蹈。可惜不太有誰會跟這些建築共舞，人車只是經過。

圓、環、

不是人，也不是建築，那圓環是誰的舞台呢？最早以劇場的筆法速寫圓環的作家之一波特萊爾，在〈光環的失落〉（Perte d'auréole）裡說，當他穿越凱旋門前的大馬路時，他看到向來恐懼的馬車和汽車，像「疾馳的死神從四面八方奔來」。難為詩人嚇了那麼一大跳，才為我們辨識出圓環真正的主角：交通。市區圓環首先是一個交通的劇場，而不是路人的劇場，各種新式、老舊、復古的交通工具，競爭激烈地在此超車、爭道；它同時是一個速度的劇場，車輛先是減速駛進彎道，接著猛然一拐，車子展現變速的性能，在直線車道上加速離去。

然而一旦扯上速度，就扯上了暴力。盤踞台南市區的七個圓環和半圓環，據說最早是由時任台南醫院院長的長野純藏所提出，他在一九〇〇年的巴黎萬國博覽會上，看到以凱旋門為圓心、放射狀連通十二條街道的都市設計，便依樣畫出一九一一年市區改正計劃的藍圖。可是我們知道，巴黎改造下的星形圓環，除了擴建街道、綠化都市、疏通人車流量這些理由之外，還有一個就是讓軍隊可以更快速地抵達市區進行都市鎮暴。波特萊爾匆匆一瞥見到的死神，現在以一種更赤裸、同時又被香榭麗舍大道的巴黎時尚掩藏得更好的方式，伺機而動。

我們也都知道，經由圓環所連結的速度與暴力，台南並不陌生。葉石濤曾在〈夜襲〉裡記下台南的二二八事件：「但是簡阿淘卻在府城的大正公園親眼看見那身體魁梧的律師湯德章被槍決，他留下來的血跡在大正公園的水泥地上，用水沖了也沖不走。」大正公園即為府城的中心圓環，今名湯德章紀念公園。最後我只問一個問題：這個圓環上，湯德章被槍決過，孫中山的銅像被拉倒過，如今樹立一尊雕像「迎風而立」，就像台灣隨處可見的公共藝術一樣富有政治正確，也一樣沒有美學，那麼歷史的暴力是減緩了，還是加速了呢？

廟埕

→若圓環代表現代化城市空間流動的交匯點與治理象徵，那麼廟埕絕對是歷史象徵體系的最佳劇場，以彈性多功的轉換切面，展現常民生活與傳說、信仰媒介與情感場所的交匯點。城市由圓環切割出交通視角的大塊面積，廟埕則匯聚為境的節點，持續維繫現代建設所排除的空間想像。

台灣人太懂廟埕，各種淋漓盡致或說物盡其用的發揮，廟前的濃密樹蔭下，讓鄉里間聯絡感情或趕路中稍事歇息，這類基本配備暫且不談，廟埕變化的幅度之廣，大至輝煌宏偉如南鯤鯓代天府，廟前專用的大道，平日由進香團的遊覽車進出，五府千歲進香期則供各種文武陣頭輪番匯演，魚貫前進的場面壯觀，小至路旁看似不起眼的土地公廟，車輛行經、塵土飛揚，但在某些特殊時刻，也能將前方的馬路納入儀式所需的無形場域。在民俗的力量下，廟埕的空間意義和實體界限可隨時收縮膨脹，戲台、曬穀場、運動場、廟口市場、大廟興學等等，空間功能和不同事件的剪接，在城市裡反倒製造出一種慢速的蒙太奇效果，乘載夢幻、記憶、俗民身體想像的多重經驗，相互溢入溢出。

法國人類學家歐傑（Marc Augé）看交匯站的空間意義，是一個活動過渡至另一活動所需要的時空，轉換通道也同時轉換象徵的系統和實踐。廟埕轉換時空的中介性質則更魔幻寫實。風神廟和接官亭，為我們保留地理變遷的空間建構，還能遙想河道上的往來舟楫。普渡、送瘟、遶境，是民間寫移民史的方式，進入廟埕也就來到了協商和解之地。而廟前的乞丐與賣花的阿婆，有如神祇在這命運交匯處的考驗化身，考驗你以何身姿與心境經過其前。也有廟埕販賣惡俗趣味，十八地獄的機關傀儡表現恐懼的約束力量，同時是現實人世的變形想像。神聖與世俗、道德與奇觀，廟埕有成為世界劇場、全景幻化的意圖，那慾望是屬於人類的，透過在廣場上觀看剪黏，以目光遊梭超現實的圖景，藉此轉換肉身，收納、集合以擴充。

然而，這個以收攏所展開的變景空間，除了漢移民的地方詮釋，以及在現代加速度裡進行慢速剪接之外，是否還有未盡翻轉的隱藏地理，像是被覆蓋、遺忘的原住民傳統領域。或是，四草大眾廟寬廣的廟埕旁有一間抹香鯨骨陳列館，收藏一對擱淺的抹香鯨母子遺骸，頭骨還被綁上紅色綵球，神聖化的過程也是傳說的標本化，而我們能否聯想到此處，曾被稱為「鯨骨之海」。

游學

藝術創作交會

音、成、行、觀、察、與、

——二〇一九臺南藝術節策展團隊訪談

策展人

周伶芝　郭亮廷

藝術節整體概念之生成、檢視、維護，自籌備期、至藝術節發生期間與結束後，與臺南市文化局、策展團隊定期會議，把關藝術節大小事項，並與策展團隊共同陪伴演出團隊的創作過程。

製作人

黃　雯

負責節目：開幕《X_X府城流水席》、《動物趴》、《層中隊》、閉幕《聽海日記》。

製作人

楊喆甯

負責節目：開幕《X_X府城流水席》、《七七海海漁光島》、《咖哩骨遊記》、《動物趴》。

製作經理

鄭傑文

負責節目：《紅樓夢續》、《感傷之旅》、《道隱》、《臺南公園的身體地圖，百日行走》。

宣傳統籌

許雁婷

負責藝術節節目宣傳，如宣傳文字撰寫或邀約寫手，撰寫內容包含藝術節前期之宣傳性內容，與結束後之紀錄性文章，與行銷工作密不可分。

行銷統籌

許雯綺

主要工作為藝術節期間所有的行銷事務聯繫，與宣傳工作密不可分。

執行製作

何欣宜

2019臺南藝術節《層中隊》演出嚮導[1]、執行製作。

策　展　團　隊

擊二 × 策展

❶ **編按：**根據不同的演出形式，一些城市遊走式劇場會配有「演出嚮導」，比如丹麥編舞家姬特．強森（Kitt Johnson）與台灣藝術家曾柏豪、馬維元、張婷詠、陳宜君、陳冠霖合作的《層中隙》，該作將帶領觀眾遊走台南中西區，演出將配有演出嚮導將在引導觀眾，同時，也可能成為演出的一部分。

台北市區某棟與其他高樓無異的大廈，這屆臺南藝術節的策展團隊成員們，正在小房間內，準備著每週一次的例行會議。今年的團隊由八位成員組成，家鄉各在不同城市的他們，因臺南藝術節而匯聚，以卡爾維諾《看不見的城市》為核心紐帶，各自承載著策展人、製作、宣傳、行銷所需做和能做的，在南北兩地往返，像炎日下的外送員，擴散著對生命、生活，和藝術的期待——我們該怎麼重新看待似乎有些遙遠的「藝術」二字？讓它重返日常的企圖，可能會在哪裡受到阻礙、接到支撐？

在例會開始前，團隊成員們暫停下手邊工作，聊起城市與人，也反思與政府單位共同策劃的常態困境、文化官僚長期以績效審視藝術成果的深遠影響。

他們並非只是受訪應答，也向彼此交叉詰問——再挖、再想，突破習以為常的城市幻象，以（還）沒看見的那些，重塑我們的城市本來該有的樣子。這個團隊開啟的是一場以「未來」為導向的檢討會，期待在藝術節結束之後，仍不斷透過對話，再看見更多仍然失落、尚未看見的「未來地圖」……

問

作為「臺南藝術節」策展團隊，成員中不只台南人，也有非台南人，從「屬地」角度而言，你們可以說集結了「圈內」與「圈外」視角的團隊，我好奇你們怎麼看待「台南」、「藝術節」，跟自己之間的關係？

喆甯● 我一開始就跟黃雯討論，站在策展團隊的立場，到底該怎麼想像藝術節？要著重什麼？身為台南人，在前期規劃藝術節的演出地點，我有困惑與衝突，因為以我在台南的生活經驗來說，我不會想要去那麼遠的地方看演出啊。

雯綺◆ 我也是台南人，不過我工作起來沒有什麼矛盾，反而因為對台南有感情，在行銷工作上更順暢。如果其他人看到或期待的台南跟我的不一樣，我覺得就是愛與包容啊，哈。每個人都可以從不一樣的角度來看同一個城市。

喆甯● 所以等我真正進入製作期的專業狀態時，就排除這個困擾了。再進一步想，如果今天面對的不是台南，我會怎麼做？其實都一樣，都是去思考自己跟這個城市的關係。

黃雯★ 我到現在還沒有認真想「台南」耶！所謂的在地連結跟藝術核心，應該要交給策展人去思考，我身為製作，來做的是輔助。另外我的想法是，到一個城市，並不是事前想像，而是到了當地才知道。對我來說，「人」最重要，所以我是刻意不想以特定的框架看台南。

欣宜■ 藝術節之於城市，除了最終演出所帶來的意義之外，還有創作過程中，藝術家與民眾的交互作用吧。民眾會揭露關於這個城市不被記錄的歷史，而藝術家也對民眾揭開「究竟什麼是藝術」

問　進一步地說，你們如何看待或期待一個「城市藝術節」展現的樣貌？

或是「原來有藝術節這件事」。與其說城市藝術節是為了藝術，更重要的是，過程中所帶給這個城市與參與其中的人什麼樣的影響、震盪。

雁婷　是啊，有趣的是，去發現那些我們平常沒有看見的地方，或是，用不同的方式去看我們常常在看的地方。這一次的主題「看不見的城市」就從地域去開啟，走到台南市區之外，讓大家慢慢開啟觀看台南的視角。這次藝術節裡頭也有好幾檔現地創作[2]就是希望跟當地真正地發生關係。

亮廷　不過大城市的藝術節，就都跟城市當地沒有什麼關係，是嗎？

雁婷　我覺得他們選擇的方向是另一種，從選的節目就可以感覺策展方對待這個地點的方式。先前開會時，我拿了巴黎電影節節目冊給大家看，主題是「五十位電影女性」，從那個企劃中，我看到電影節想訴說的事，雖然不直接跟當地城市相關，但他們的選擇，就反映了城市的現況與性格。

伶芝　大城市的藝術節在選題時，有個滿重要的方向是「展現一個國際大都會的包容度」。最近巴黎卡地亞當代藝術基金會[3]辦的攝影展，以「城市中的樹」為主題，整個系列都是拍城市夾縫裡的樹；我們其實跟樹一樣，都在找一塊自己在城市中的棲居之地。這個主題不見得在講「巴黎」，但透過策展形式，你可以知道他們是用什麼樣的視角放眼看世界，也可以標誌出這個城市的文化意義。

雁婷　兩相比較，大城市偏向彰顯自己的包容力，小城市比較會強調個性與地方關係？日本瀨戶內海藝術祭就偏後者？但我並不是那麼確定可以這樣區分大小城市啦，因為這樣有點二分法。

伶芝☺大城市也會同時注意區塊性的小型藝術節啊。每年夏末，巴黎第十區有個為小朋友辦的園藝藝術節，會號召當地小朋友去種菜。他們在規劃公園的時候，就已經在想如何提供當地的孩子們一塊綠地。他們看到的不是塞納河畔，或其他大城市的代表物，而是跟當地居民未來有關的事。人們會知道，原來也可以從一塊菜園開始討論城市——這是最棒的方向。因此，這次我跟阿亮策展的概念也包含「用藝術重新畫一個台南地圖」。但這絕不會是一年可以完成的。光是在同一個地點演出，每個作品或藝術家就能畫出完全不同的地圖，這是藝術節跟城市的互動，在未來可以期待的部分。

亮廷■我覺得好的藝術節不應該一直以城市為主題，比如像今年臺北藝術節討論超人類，亞維儂也會討論戰爭災難，柏林藝術節會討論什麼是兒童，當代兒童跟過去兒童有什麼不同？等等。這些都很好。其實我們一開始想要跟文化局討論「海盜」，但馬上被打槍。藝術節的樂趣是，你可以去挖掘那些無法被主題化的東西，找一個觀點串起作品之間的關聯、作品跟人的關聯、作品跟城市的關聯，它應該是開放的。台南的好處是有很強的在地文化，但這恰好也是它在主題上的限制，我覺得我們產生的是平衡作用，當然不可能一下子跳躍太多，像海盜就會被否決，那要去想，還可能跳到哪裡去？台南不只府城啊，台南也有複雜的城鄉關係，所以我們平衡的結果就是把這個藝術節定位成「討論城市的藝術節」，這是我們目前可以做的，在台南和藝術節之間取公約數，這個公約數就是「城市」。

問 本屆藝術節有相當多作品都是「現地製作」，其中不只一檔是跟孩子合作[4]。在多數無法獲得相應預算的狀況下，這需要花費大量時間與經費的安排，背後有什麼思考？

伶芝☺ 過去很多藝術節的盲點之一是「只注重結果」，好像為了當前的藝術環境去做呈現，一定要集結當下最熱門的議題或者最有話題性的形式。但是當創作進入「地區」，它要展現的樣貌就要有各種可能性。透過前往各地田調，去影響每一個單一作品的呈現，作品展現了多種樣貌，才能畫出藝術節的整個曲線。

雁婷 說起來，藝術節就是在短時間內大量發生事情，所以它也有能力在當地發揮很大的教育意義，讓小孩子可以去參與、去玩，玩的過程他們會接收到藝術家想傳遞的訊息。

黃雯★ 像傑柯．席翁波《動物趴》[5]，我是先在印尼看到的，他過去在不同地方做了好幾次，他的方式能夠跟兒童還有社會產生實在的連結。我跟伶芝、阿亮曾討論過，當我們去邀請一個國外藝術家來，能為台灣留下什麼？我想那會是工作方法——是那些我們的創作環境裡頭沒有的方法，也是學校不會教的方法。又或者，加拿大的達倫．多奈爾[6]來台灣，你也不會知道他做了那麼多次的工作坊，來到台南又會變成什麼。

亮廷■ 換個角度來說，把方法留下對策展團隊、藝術家來講都是有意義的，但是這跟觀眾的關係是什麼？為什麼觀眾要關心這件事？

雯綺◆ 這些方法如果被在地的藝術家很好的引用，未來就可能間接讓觀眾受惠。

喆甯● 有不少人過往是不會來接觸這些的，但工作坊提供了軟性的接觸途徑，解開了他們對演出的恐懼與距離感。雖然工作坊分享的方法，並不一定是這些人未來會用到的，但是卻改變了他們的思考方式——這很重要，也是互動之中很直接的回饋，同時改變了藝術家去到下一個地點和當地的居民連結的方式。

亮廷■ 關於為什麼是小孩？我引用伶芝之前說過的話，因為兒童是城市中很好的導遊。透過兒童與青少年的目光，成人可以去重新發現看不見的城市，去漫遊城市。

伶芝☺ 另一方面，市中心之外的大台南區，老高齡跟隔代教養狀況很多，我們如果只停留在過去藝文圈培養出來的觀眾，那藝術的斷層勢必會持續下去。台南的重點學校都是用『藝陣』[7]去發展，可是藝陣是傳統教育的傳承，並不是一個發明的手段，得到這種藝術語言，不見得可以用這種語言去說自己的故事。我們邀請藝術家帶來一個工作方式，提供大家一種藝術語言，而你可以用這個語言去挖掘，再以此發明一套你自己的藝術語言。我認為這對孩子是重要的。而工作方法的可貴是，它可以跟在地所有的條件，包含水文地理氣候都去對話，產生更多可能性。藝術節提供的就是這樣的場所，討論的是人與關係。這回到喆甯說的，從不再恐懼開始。

伶芝☺ 我們以自己的概念出發，會想到一些空間，同步也請文化局提供過往經驗，所以最後的結果是個綜合，有反覆討論，刪刪減減的過程。比如中西區本來就是我們想邀姬特．強森去做的，也曾希望姬特去天德紙廠，但在我還沒提之前，她就已經喜歡中西區了，她自己走過現場，再跟工作坊

問 談到地域，策展團隊、藝術團隊與文化局是如何發展出這一屆藝術節發生的地點？除了過去集中於中西區的「府城巷弄」，也區分了「山線」、「海線」，這些是如何決定的？

的學員一起討論，覺得那邊很合適[8]。關鍵在於，去看見大家對於一個城市空間的觀察和藝術創作之間的交會，那顯現了每個人的敏銳度。

亮廷 我們原本希望黃思農做火車劇場啊[9]。

伶芝 對，或是也想看他在天德紙廠旁邊的共和醫院創作。

亮廷 結果他看到老爺行旅，就說要去那邊。

伶芝 聽到他這樣說，我問「上面的停車場跟商場你要不要一起做？」他回答「我不要，那邊沒有冷氣！」他之前苦太久了！

亮廷 重點是藝術家要對地點有感覺，我們沒有、也無法指派，只有建議。像是TAI看完台南水道就有很多想法[10]，這樣最棒；窮劇場做《紅樓夢續》[11]，我們最初也想要他們去吳園，但最後他們想用原生劇場。

伶芝 我想這關乎每個劇團跟創作者，接下來幾年給自己設定的發展方向跟美學。俊耀（窮劇場藝術總監、主要創作者）覺得他一直都還沒處理過現地創作，尹真（窮劇場聯合藝術總監）向來著重的是處理肢體跟聲音，這些已經漸漸成熟，他們就還是適合繼續在劇場裡實驗[12]。

【偏鹽見台南】

亮廷■ 臺南市政府文化局唯一給我們的命題是開幕活動，而且一定要在億載金城[13]。

伶芝☺ 億載金城是個非常麻煩的場地，有非常多的規格限制。當初我們想要請馬戲，需要高空，但光起重機就過不去了，建物限高，又限重，因為下方是護城河。開幕邀請的豪華朗機工對硬體要求又相對高，在這裡就遇到限制。

公部門遇上藝術節 ↓ 數字

問 策展人對於文化局的「命題」沒有質疑嗎？

亮廷■ 關於地點倒是沒有，但當初有討論過除了開幕演出之外的選項。

伶芝☺ 因為億載金城有城市歷史的脈絡，從清朝、日治時期到現在，每個時期的用途都不一樣，最初是練兵場，日治曾經是遊廓，現在它是一個空的場域，我們想讓裡頭發生有趣的創作，表現這些歷史層面。億載金城的方正，讓人又聯想到藝陣、拚台，在表演藝術中的當代馬戲、特技或是舞蹈，也是會互相拚台，所以原先想把這些放到練兵場裡，去尋找新的流動劇場的可能性，很像台北車站那樣的公共空間，每個角落都有不同的團體在做各自的事，不同的身體實踐。

亮廷■ 有很複雜的過程……我們一度想要找韓國團隊來做煙火，但八仙塵暴後，台灣對於煙火的管制變得特別嚴格，煙火的報價也因此非常昂貴。

後來經過什麼樣的過程，開幕變成現在的樣子？

伶芝☺除此之外，還有像是局長認為在那邊觀眾人數不夠多，問「要不要改去體育館開幕？」之類的。基於政治考量，文化局需要以數據做為依據，很難拋棄舊有的對績效的在乎，但文化的軟性長遠效應，是觀眾數量無法反映出來的。我覺得跟文化局在這方面的討論，一直都在理想與舊有以績效做為評判的概念之間掙扎。

亮廷▣這深刻牽涉對民主的想像。文化官僚與官員為什麼會這麼強調績效？背後有一個基礎，就是民意——參加人數多就代表可以讓更多的人受惠。我們都知道局長很苦，因為他要面對議會，議會則說自己要面對民眾。但到最後，所謂的民主只是在推卸責任，因為這個機制，所有人都不願意承擔相對冒險的決定，於是就把自己沒辦法決定的責任推往民意。回過頭來講，我們億載金城的開幕設定觀眾是多少人？

伶芝☺一千多、兩千。

亮廷▣文化局會說，「過去開幕演出在體育場之類的場地都是一兩萬人，現在變成一兩千，如何說得過去？我們可不可以辦一兩萬人受惠的節目？」質疑還有「你所顧的就是一群很小眾的藝術愛好者」，但反過來想，那群「很小眾的藝術愛好者」就不重要嗎？他們不是人民的一部分嗎？不是民眾嗎？可是目前對於民主的想像，就是認為績效需要無限擴充才叫民眾，很小眾就不叫民眾。

傑文☀我同意阿亮。站在那個位置上的人應該要為他的決定負責任，也應該要開創出新方向，不可以把所有東西推給民意。但以數字來衡量恐怕也不是這一兩年的事。

問 除了對「民意」的想像作祟，就你們的觀察，實際上養成我們透過績效去思考文化藝術的源頭到底是什麼？

伶芝☺ 用產業的標準去看待文化藝術創作。現在所有的藝術團隊簽約都是走標，標案需要經歷一定的行政流程，會面臨成果報告，但藝術創作究竟能不能被驗收？有一套可以驗收藝文的標準嗎？這很值得討論。現下「文化基本法」還沒有被下修到地方政府，所有的團隊只要是在所謂的「表演藝術產業」中，就會受走標形式的檢驗——這行之有年的規範，影響了我們對於藝術的想像與思考。

傑文☀ 因為主計、審計治國。只要承包政府案子，數字就是要清楚，久了就用同樣的習慣來面對文化。

黃雯★ 這不是臺南藝術節獨有的狀況，只要跟公部門相關，都會面臨這個挑戰。

伶芝☺ 局長跟政務官對於人數的顧慮，並非在質疑這個創作的形式跟理念，這是台灣政治結構下，普遍的公務單位問題。這次藝術節轉型，是文化局中的有志之士希望透過藝術節，重新定調藝術節跟城市之間關係的想像，這對他們來說，是非常大的挑戰跟冒險，不只承受裡外，還承受上下的質疑，上下指的是這牽涉到地方資源分配。所以當我們對公務單位行政流程以及他們對於文化的想像感到沮喪時，也必須謝謝他們願意接受一場只有一個觀眾[14]，或是在公園呈現一整天的演出[15]。

雯綺◆ 我以前在廣告業，成本相對大，需要去算計實質回饋，因此要鋪陳策略，一定要走向成果。但藝術的目標比較感性，可能是感動人心，或者是讓台南的居民發現藝術是生活的一部分，這是

問

策展團隊的其他成員在不同身分上，遇到的衝突是什麼？

數字算不出來的目標。我一開始就對這個差異有心理準備，所以跟文化局相處的過程中，反而覺得很感動，他們當然還是在意數字，但是你會知道程度上有改變。

黃雯★ 我的衝擊是面對團隊。過去，我是跟團隊一起面對公家單位的刁難，但今天身分變了，會感覺有些演出團隊不想把太多訊息跟你分享，會認為：「我為什麼要跟你討論我的創作？」

伶芝☺ 這次藝術家合作的摩擦，會不會是因為太多委託製作，相對複雜，而不只是把以前已經完成的作品搬來？

黃雯★ 可能跟大家對策展團隊的定位認知不明確有關。你知道文化局是公家單位，你知道拿它的錢，就應該去跟它結案，也知道還有什麼事情該跟它做，相比之下，策展團隊的位置比較模糊。但澄清一點，我不是指全部的演出團隊。

伶芝☺ 是啊，有些人也很期待策展團隊的想法。其實創作概念是會直接影響製作層面的，包括如何分配預算成本等。過程中，我們會跟演出創作團隊溝通，提醒他們要把創作主軸放在哪裡，才能回頭檢視整個製作過程。我們協助檢視創作者的想法在現實的條件中，被有效展現，但有時這種關注跟協助，對於天馬行空的創作過程，會像是一種干預。

黃雯★ 策展方應該要管到多少？可以很簡單，只是買一買節目，然後執行。這跟一群人從頭開始，一起參與過程就不一樣。不過關於策展人要涉入多少，在藝文環境好像才剛開始被討論。

問 最後回到「看不見的城市」，這次還有哪些沒機會讓大家看見的「看不見」？

亮廷■ 我從善化坐公車到新營的路上，看到一個鐵工廠，裡面畫了一個非常巨大的納粹標誌。我對那個東西非常好奇。如果有可能的話，很希望在那邊做。

欣宜◉ 天德紙廠，還有共和醫院，這次無法取得使用許可，但很值得再去探訪。我後來去跟那邊的伯伯聊天，他還記得姬特，害我嚇一跳。不過私有地很難取得許可。我覺得這些區域的歷史可以再被拼得更完整一點。

雁婷■ 我的話是鹽水吧。

伶芝☺ 這次本來有想做月津港啊。如果尹真在那邊唱南管。

雁婷■ 我是因為以前在嘉義做過聲音計劃，義竹有個活動「賽鴿笭」，八個村子在賽鴿，那些竹笭很像大型口哨，只要鴿子飛，就會有非常有趣的聲音。賽鴿笭好像只剩下嘉義義竹跟台南鹽水有，然後做鴿笭的師傅只在鹽水，嘉義好像也沒有了。不過這個已經是十年前的事。

伶芝☺ 我坐公車去南藝大的路上，有很多養鴿籠。每次看鴿籠的各種造型，都非常開心。八〇年代，我爸爸所有的朋友都在養鴿，那時候身邊的長輩不是簽樂透，就是養鴿來懷發財夢的。

編按

② Site Specific，又譯現／限地創作、特定場域創作。

③ 巴黎卡地亞當代藝術基金會（Fondation Cartier pour l'art contemporain）是位於法國首都巴黎第十四區，成立於 1984 年的一座當代藝術的美術館。

④ 2019 臺南藝術節與孩子「共創」的作品有：印尼編舞家傑柯．席翁波（Jecko Siompo）與台南長期發展兒童與青少年劇場的「影響．新劇場」共創的《動物趴》；無國籍作曲家阿雍．金（Artyom Kim）、國家兩廳院新點子樂展的策劃團隊、臺南市民族管絃樂團獨奏家、薪傳打擊樂團鄭翔夫與龍山國小學童「集體共響創作」的閉幕演出《聽海日記》。關於傑柯．席翁波、阿雍．金的工作方法，請見本書頁 074-077、090-093。

⑤ 請參考②。

⑥ 加拿大「哺乳動物潛水反射反應（MDR）」劇團藝術及研究總監達倫．多奈爾（Darren O'Donnell）擅長結合理論研究和田野實踐，創作出親民亦能激起思考辯論的作品。他曾在 2017 年底於首度來台辦理工作坊，2019 臺南藝術節的工作坊則以「讓人想靠近一點——介入公共空間工作坊」為名舉辦。

⑦ 藝陣，或稱「陣頭」，是隨著神明出巡的團體，一般可分為「文陣」與「武陣」，是台灣民間信仰文化的一大特點。2018 年，臺南市政府文化局委由臺南大學執行「臺南市各級學校藝陣文化校園」推展計劃，推廣台南市各級學校進行藝陣文化課程教學，目前有六所國小、一所幼兒園參與計劃。

⑧ 請參考①。關於姬特．強森的工作方法，請見本書頁 044-043。

⑨ 黃思農《感傷之旅》於老爺行旅演出，啟發自日本模特兒 KaoRi 於 2018 年 4 月初發表，針對攝影師荒木經惟長年來對她所進行的勞動剝削和精神壓迫陳述的 # metoo 自白，每場演出僅限一名觀眾觀賞。關於黃思農的工作方法，請見本書頁 024-027、166-169。

⑩ 瓦旦．督喜《道隱》於台南水道演出，該作為這位太魯閣族編舞家深入台南西拉雅族部落所編創的作品。關於瓦旦．督喜的工作方法，請見本書頁 104-107。

⑪ 窮劇場的兩位核心創作者高俊耀、鄭尹真攜手共創《紅樓夢續》，在當代台南重塑經典，於臺南文化中心原生劇場演出。關於窮劇場的工作方法，請見本書頁 136-139。

⑫ 同⑪。

⑬ 集結音樂人柯智豪、編舞家林祐如、音樂劇創作黃金組合王希文與程鈺婷與藝人王彩樺的開幕節目《(X__X) 府城流水席》，打造出位於億載金城的超狂流水席，以台灣佳餚「食譜」說唱歷史「實譜」。

⑭ 同⑨。

⑮ 編舞家周書毅與深耕台南的「稻草人現代舞蹈團」共創的不售票演出《臺南公園的身體地圖一百日行走》以常民的身體風景作為動作素材，於台南市中心的這座百年公園演出。

⑯ 西港「堀仔頭藝術生態村」前身為「反西港外環道路不當開闢自救會」，2017 年 5 月因內政部通過西港外環道路徵收案，志工合議阻擋政府砍伐樹群、破壞當地糖鐵歷史遺跡，集結至西港堀仔頭小森林紮營集體生活。成立「堀仔頭藝術生態村」後，以發展自給自足的永續生活方式為終極目標。

⑰ 龍崎位於台南市郊，以「惡地」景觀為人所知。青灰岩、白堊土地形的「惡地」為鹼性地質，寸草難生，土質乾燥堅硬，遇水卻鬆軟易蝕，因此在雨水、溪水沖蝕過程中，形成各種崎嶇的半面山、斷崖等奇特地景。

文

陳昱君

劇場創／作者。生長於台南，從事藝術工作至今皆居台北。曾以創作者身分發表若干現地或社會參與（site and social-specific）作品，於《回桃看藝術節》、《宜蘭中興紙廠藝術自造祭》、《女節》等；亦與原型樂園有長期合作。文字散見於牯嶺街小劇場文化報、衛武營本事、臺北藝穗節及其他有緣才相見的網路平台。

【偏遇見台南】

傑文 八〇年代很有錢。大家賭性都很堅強。六合彩全台灣都紅。

伶芝 我很想做西港，那邊有一個團體在盤點糖廠的鐵道⑯。最開始，台灣的鐵路是用來運甘蔗，鐵路網就是糖廠之間連結，嘉義跟台南非常多。現在被搶救下來的糖廠很少，所以有團體想要重建鐵路網，但是鐵路消失太多了。當時很想做個鐵路的，不一定是完整作品，可以是個藝術行動，帶大家走消失的鐵路，用身體把東西記憶回來；另一條線是，剛剛提到想請思農做鐵路劇場。不過因為我們的身分是代表官方，正好就是那個團體想要去抵抗的，有點可惜。這也是作為官方藝術節策展人的為難啦。對了，我還很想要在龍崎惡地形⑰做一齣史詩劇！不過，這應該會是需要很多預算的超級製作……可能很難實現吧。

#藝術節專書

這本書有很長一段時間的題名都是「二〇一九臺南藝術節專書」。然而，和其他相同屬性、擔負相同任務的書相比，它的模樣可能有些離群脫隊——既無演出資訊或創作自述，也無作品圖輯或相關新聞報導評論。一本藝術節之書，但功能不在記錄，那會是什麼？

這要從臺南藝術節歷經一場體質的劇變說起。臺南藝術節是行之有年的城市藝術節，在二〇一九年臺南文化局首度改為策展人制，邀請集學者、評論人與劇場實務工作者於一身的周伶芝和郭亮廷肩負此大任。這也是他們第一次擔任大型城市藝術節的策展人。他們提出「看不見的城市」作為策展概念，邀請國內外藝術家前來台南進行探訪調查、與當地不同團隊合作或為台南特定區域量身創作，希望透過表演藝術的創作，重新定義人們對城市和城市藝術節的想像，而這樣的想像，對台南這座幾經時代弄潮的古都來說，意義或許格外不同。

在這個前提下，二〇一九年臺南藝術節的展演作品多屬原創，每組藝術家和創作團隊在台南各角落鑽進鑽出、發展創作之際，什麼過程該被記錄？什麼文件該被留下？什麼內容該被印刷成冊？策展人提出的想像是：能回應策展概念的書，同時，它也是藝術節的原創作品之一。

在企劃初期的幾次會議，還有一個關鍵字被深刻記下：批判精神。如果說，一個城市藝術節不只是觀光節慶，也是一場召集市民反思城市現況、提出未來可能性的公共儀式，便不可能沒有批判觀點的介入凝視，無論是針對城市的、或是針對自身的（包括策展團隊的自我檢討），這道反身凝視的目光也必須存在於這本書中。

#從「看不見」到「偏偏遇見」

老實說，面對「看不見的城市」這樣一道題目，初期企劃構思並不困難。甚至沒挖出卡爾維諾的經典重讀。台南這座城市近年基於觀光旅遊等需求，除了原本全台首府、古蹟第一的特色之外，也被安放了不少吸引人的新標籤，美食、慢活、人情味、文創小店……然而，在這些明顯可見的消費生活氛圍底下，一座建城近四百年的城市，若要將原本隱逸於大眾面前的趣味一一挖掘，恐怕挖上十年也挖不完。

所以，看似簡單的開始棘手起來：繞開一般人關注的、已屢次被媒體炒作廣為周知的題材，那才是這本書要的。但，如何從海量的細節中篩選？

篩選的過程充滿細節，可敘說的大致是這樣：先繞過大眾熟悉的台南市中西安平區，面向幅員廣闊的大台南，於是，有藝術家先鋒踏入、展開創作的幾個地點成了選項。大台南分山線、海線，藝術家的選擇未必均衡，但這本書自期都能有所觀照，至於最後幾個地方如何確定浮出水面？大概就是幾次和台南在地的文史工作者或撰稿人聊天中逐漸聚焦，以及一些個人偏好和直覺。

既然不可能把所有台南的看不見搜羅成宛如安柏托．艾可（Umberto Eco）《無盡的名單》，那麼，不妨以一種漫遊的心情重新配置檢索。本書前三輯中的十個地方和相應主題，是這樣長出來的。與之緊密或散漫呼應的藝術家觀點，也略過此次創作細節不談，而是對「如何體驗一座城市」提出他們的獨門方法。我一向對「好的藝術家擁有見旁人所不能見的能力」信之不疑，或許這能力的倡議和演練，比起一再販售刻板印象給城市觀光客更值得成為一門好生意。

然而，個人對城市的獨家體驗，必然出於偏見。此處偏見並非傳統先入為主的定見，而是回到現象學的陳述：凡人所見，皆難免為偏見。但偏見未嘗不值珍視，因為它永遠是我們的好奇心循線探問的重要線索。至於，何以是偏偏遇見？這又是另一個偏好和直覺發揮作用的選擇，此處按下不表。

本書命名曾有另一提案：「我對台南欠尊敬」，但欠尊敬對諸多愛護台南的本地外地人來說，委實太過激烈。其實，這個構想來自某位國際創作經驗豐富的藝術家對策展人脫口而出：我對任何城市都不懷抱敬意。這麼不和諧的句子如閃電雷擊，但細想：或許這才是一座城市得以偉大的起點——當人們不先以空泛敬意視之，城市與你我得以公平對望，重新探勘彼此的醜與美、惡與善。

#劇場書

在邀稿陸續確認之際，十多位撰稿作者、十多位受訪者、一位攝影家、兩位美術設計、編輯團隊也有三至五人不等的討論聲音……如何在「一本書」安排這些音色各異的角色登場說話？而他們話語中流動的時空、地景、故事、經驗……又該如何裝置擺放？

參考的範本不是任何一本書，而是劇場。編舞家碧娜・鮑許（Pina Bausch）中晚期創作多為城市編舞系列，據聞過世前本應允要為台北編一支舞……假設，用碧娜編創城市系列的邏輯來對位書籍的內容創作者之訴說台南？碧娜偏好一個個舞者登台獨舞，偶爾穿插群舞，暗示城市的人情氛圍或文化性格。便以此邏輯結構作者／文章順序。敘事的斷裂或呼應、地理位置的關聯性、文字與圖像如光影共舞、主題交接的輕快沉重急促緩和、前台和後台展演與轉場過場之間的呼吸節奏如何化為書頁上的章節、段落、結構……

紙本是書的舞台也是身體，閱讀者所有的感官經驗都通過它發生，而讀一本書和看一齣戲，理論上都是在經驗著有起始有完結的線性時間，那麼，在這一本書、一齣戲的時間裡，我們會體驗到什麼樣的台南？

#台南智慧？

在這本書即將付梓之際，正巧讀到一位波蘭劇場藝術家的訪談。訪談最後他提到自身最大的焦慮：我們這個國家，到底有沒有累積出一種可與人分享的波蘭智慧？

這種焦慮非常在地。而身為一個於公於私幾度與台南相遇的外來者，我好奇台南人有這樣的焦慮嗎？古都值得尊崇，府城值得驕傲，但這些尊崇和驕傲底下，是什麼樣的智慧能在這個注重分享、追求多樣性與公共性的時代繼續被傳佈和討論？好比，在談論藝術時，倘若人們談的是「台南經驗」而不是「瀨戶內經驗」或「越後妻有經驗」？

在全書最後選擇攬回發問的權力，把問題擲向閱讀者。問題標記的是另一個開始，從這裡，我們走出書頁，走進城市，繼續用我們的凝視和想像聚集為許許多多的偏見，而真正等待被看見的事物，或許會從這些偏見中浮出水面——